SOPHIE FONTANEL

Romancière, créatrice du personnage de Fonelle, critique de mode, Sophie Fontanel a écrit durant quinze ans pour le magazine *ELLE*. Elle tient aujourd'hui une chronique dans *L'Obs* (« La mode pour tous »). *Grandir* (2010), *L'Envie* (2011), *La Vocation* (2016), et *Une apparition* (2017), traduits en plus de dix langues, ont paru aux Éditions Robert Laffont. En 2019 a paru *Nobelle*, chez le même éditeur.

UNE APPARITION

SOPHIE FONTANEL

UNE APPARITION

Robert
Laffont

MIXTE
Papier issu de sources responsables
FSC® C003309
FSC
www.fsc.org

Pocket, une marque d'Univers Poche,
est un éditeur qui s'engage pour la préservation
de l'environnement et qui utilise du papier fabriqué
à partir de bois provenant de forêts
gérées de manière responsable.

ISBN : 978-2-266-29285-6
Dépôt légal : août 2019

L'histoire, tu la connais.

C'est une image sur laquelle tu tombes un jour, une photo de toi prise dix ans auparavant. Au milieu des lauriers fleurs de ce temps-là, du fond du lointain, tu as quinze ans et tu souris.

Si tu t'en souviens, tu n'avais pourtant pas trop de raisons de te réjouir, à l'époque, alors qu'une cousine dirigeait sur toi ce miroir supplémentaire qu'est l'objectif. Qu'est-ce que ça allait encore donner ?

Si tu t'en souviens, tu te sentais mal à l'aise, incertaine et floue et confuse, à peine là, au point de mettre en question ta légitimité et ton avenir, pile au moment où quelqu'un s'évertuait à immortaliser un instant de toi. Tu avais un peu honte, vraiment tu étais désolée pour la personne qui prenait la photo, tu aurais voulu la prévenir qu'elle gaspillait de la pellicule pour pas grand-chose si c'était pour toi.

Voilà pourquoi tu t'étais écriée :

« Arrête ! Je suis monstrueuse en photo ! »

Tu avais tenté une grimace de dégoût, en anticipation, ta main devant ton visage, comme Greta Garbo qui avait ce geste, quand les paparazzi ou les passants, à New York, autour de la 52e Rue, tâchaient de lui voler une image. C'était Greta Garbo, elle disposait d'un mouchoir pour se cacher davantage, au cas où sa main n'aurait pas suffi. Il est insensé de penser que Greta Garbo et toi ayez pu avoir des points communs. Et pourtant.

Au bout du compte, tu t'étais laissé photographier, sermonnée par quelqu'un qui te reprochait de faire ta vedette.

C'était une ère où, la photo prise, on devait encore attendre qu'elle soit développée. On n'y pensait plus.

Tu fis un bond quand ta cousine exhiba le tirage quelques jours plus tard. La photo était à vomir. À présent qu'on te la montrait (comme si ça ne suffisait pas de te l'avoir arrachée), tu comprenais pourquoi il aurait mieux valu qu'elle n'existe pas. Tu savais mieux que quiconque à quel point tu n'étais pas possible. C'est que tu la connaissais bien, eh, cette personne disgracieuse, dont tu aurais pu recenser les imperfections à un mètre de distance avec une règle d'école. Les lèvres trop fines, les yeux trop rapprochés, quelque chose d'hexagonal dans le visage, les sourcils pas les bons, les cils trop droits, le nez présent…

À la cousine, tu avais dit :

« Tu peux la déchirer et la jeter. »

On ne savait si tu parlais de la photo ou de toi.

Quoi qu'il en soit, ce n'était ni une suggestion ni une autorisation que tu lançais là.

C'était un ordre.

Ensuite, tu es devant ce portrait, dix ans plus tard. Et tu te regardes. C'est curieux, n'est-ce pas ?, tu ne te juges plus avec autant de sévérité. Au contraire, tu t'émeus de ce que tu vois. Tu possédais quelque chose d'assez… personnel, en fait. Ce qui était différent en toi, ce que tu aurais juré injouable, t'apparaît un atout. Tu oses admettre combien il est déjà énorme d'avoir ses traits à soi. Pourquoi et de quoi cette jeune fille doutait-elle, au fait ? Au point d'extase où tu culmines, tes vieilles craintes semblent dérisoires. Maintenant que tu es hors d'atteinte, tu peux t'apprécier enfin :

« C'que j'ai pu être bête ! J'étais belle ! »

La photo, ce n'est pas compliqué, tu l'encadres. Tu l'aimes. Une fois, tu l'embrasses. Tu la fixes au mur dans ton appartement. Elle est un ornement. Quand tu passes devant, il t'arrive de la contempler. C'est muet et fort.

Un soir, tu organises un dîner avec des amis, et l'un des convives (il te courtise), venu en avance, tombe sur la photo en te suivant vers la cuisine. Il plisse les yeux, intéressé, demande :

« Dis donc, c'est toi, là ?

— Oui. »

Tu confirmes.

« Elle est magnifique, cette photo. »

Tu es fière.

« Oui, c'est vrai. »

Cet homme ajoute :

« Ça t'allait bien les cheveux courts… »

On pourrait croire que cela te comble. Non, te voici tourmentée à nouveau. Peut-être que les cheveux longs, tels que tu les portes en ce moment, ne te vont pas ? En un éclair, tu penses que la fille sur la photo, si elle est avantagée, c'est parce qu'elle n'est plus vraiment toi. Elle est toi du temps jadis, de quand tu étais plus jeune et, juste, ignorais ton pouvoir de séduction. Alors qu'aujourd'hui il en va autrement : sans être vieille, tu n'es plus le fruit merveilleux d'une sève. Sans les lauriers, sans le soleil du sud de la France qui les accompagnaient, tu es moins bien à jamais. Le beau est dépassé. Aujourd'hui, de nouveau tu n'es pas envisageable. Ah, tu en es certaine. Au mur, si la fille est bien, c'est parce que c'est une étrangère. C'est un toi mort, et, en plus, elle est vivante à ta place car elle sourit. La lucidité te saute aux yeux.

Bienvenue dans ta vraie maison : le palais du Doute. Ce soir, si dix personnes te trouvent jolie, tu donneras raison à la onzième, celle qui fera la moue. Ce soir, un homme qui te complimentera sur ton physique, ce sera un fou, un distrait. Il faudra s'en méfier. On ne s'offre pas à un étourdi. Le risque est minime : en effet, qui voudrait engager sa vie avec quelqu'un ayant ton aspect ?

Comment te dire ? À certains, il faut un temps fou pour apparaître. Pour ceux-là, si nombreux, femmes et hommes, la route est interminable. Dix photographies comme celle dont je viens de parler ne suffisent pas encore à les rassurer. Une vague d'incertitude balaie toujours, sur le sable, l'image acceptable qu'ils se font d'eux-mêmes. Les caresses, en les rassurant, les effraient : et si elles étaient des mensonges ? La plupart du temps, ils ont le sentiment d'être, au pire, irregardables, et au mieux, invisibles. Dans les miroirs, ils ne peuvent pas tout simplement se voir. Comme on s'exclame : « Ah çui-là, j'peux pas l'voir ! » Sauf que c'est de soi qu'on parle.

J'ai été comme eux. Il m'a fallu cinquante-trois ans, la perte d'un travail, des rides et des cheveux blancs pour commencer d'être enfin l'heureuse femme sur la photo, la fortunée qui se reconnaît dans quelque chose d'admirable, et non plus son parent pauvre.

Cinquante-trois ans pour accepter un compliment, pour y voir l'intuition d'un clairvoyant.

Cinquante-trois ans pour oser « me la raconter », ce qui signifie oser la poésie et le lyrisme sans lesquels aucun de nous ne peut embellir.

Cinquante-trois ans pour découvrir le lien entre l'indulgence et le courage. Qu'être doux envers soi peut se révéler être un héroïsme.

Cinquante-trois ans pour comprendre que la plainte est stérile, que rendre les autres responsables de nos doutes est une facilité, et qu'il y a mieux à faire : s'inventer enfin.

Cinquante-trois ans pour découvrir qu'on ne plaît jamais à tout le monde. L'unanimité, c'est d'abord en soi qu'il faut la faire. C'est ballot tellement c'est simple. Les vérités les plus évidentes nous restent longtemps inaccessibles.

Et enfin, à cinquante-trois ans, j'ai entrepris d'apparaître.

Un peu

Sait-on jamais quand les choses commencent ? Disons qu'en juin 2015, j'étais dans le sud de la France et je n'étais pas heureuse. Je me sentais bancale. Il ne faudrait certes pas s'apitoyer sur mon cas. Ce passage à vide était des plus chanceux : il était ressenti à la terrasse de chez Sénéquier, un célèbre café sur le port, à Saint-Tropez.

Je me posais ici chaque fin d'après-midi, vers 18 heures. Il n'y avait pas foule en début de saison. J'étais venue seule, l'amie supposée m'accompagner, qui d'ailleurs possédait la maison où nous devions passer cette semaine de vacances, avait eu un empêchement de dernière minute : un amoureux la retenait à Paris.

D'amoureux, moi, je n'en avais pas. L'amie avait plaidé : « C'est l'idéal pour toi, d'être seule… »

Je terminais un roman.

J'avais dit : « Est-ce que je vais savoir ? »

Officiellement, je parlais de la maison : la grosse clef dans la porte d'entrée, l'audace de s'approprier une bâtisse historique de la ville, classée, en front de mer.

Officieusement, la perspective de cette solitude estivale me perturbait.

Le magazine féminin pour lequel j'avais travaillé pendant quinze ans m'avait poussée à la démission : « On a moins de désir pour toi. » Je jure que les salves de cruauté, le harcèlement, ces bassesses bien courantes en de telles circonstances, m'avaient paru anodines. Ne les aurais-je pas moi-même infligées à d'autres si cela m'avait paru nécessaire ? Et j'avais confiance, au début. Sauf qu'une collègue m'avait mise en garde : « Ah, parce que toi, tu crois qu'on t'attend ailleurs, à l'âge que tu as ?! » J'avais cinquante-trois ans. Et soudain, à cause de ces propos qui me semblèrent cruellement pertinents, je les avais eus comme au Scrabble, ces cinquante-trois ans, en « mot compte double ».

Un beau matin, j'étais allée m'effondrer chez un avocat.

Les avocats savent leur mission sur terre. Celui-ci m'avait expliqué que je n'étais pas si vieille. Sa femme avait dans ces âges. De plus, elle me lisait pour rester moderne. Ma collègue se trompait : je n'étais pas à jeter. Quant à mon entreprise, elle jouait un jeu, il fallait y voir quelque chose d'amusant, d'excitant, sans rapport avec mes capacités véritables dont probablement l'entreprise elle-même ne doutait pas. Nous aussi nous allions jouer un jeu, nous amuser, nous exciter, gagner, de l'argent aussi, pardi.

J'avais repris du poil de la bête. Empoché des indemnités. La vie allait recommencer.

Mais là, à Saint-Tropez, je doutais. En me donnant un coup de peigne avant de venir au café, je n'avais pas aimé voir des racines blanches sur mon crâne, racines pourtant colmatées chez le coloriste juste avant mon départ, six jours auparavant. Il faudrait passer à la pharmacie acheter de la teinture. On vend dans le commerce des sortes de mascaras pour cheveux qui permettent de tenir entre deux colorations. Ils s'appliquent sans difficulté, ils laissent sur vous une matière poisseuse, épouvantable. Quand cette substance sèche, cela devient poudreux et opaque. C'est répugnant. On n'a pas beaucoup d'autres solutions. Je n'allais tout de même pas me laisser en l'état.

Au serveur qui passait, je demandai :

« Elle est ouverte jusqu'à quelle heure, la pharmacie ?

— Je me renseigne. »

Il repartit vers le fond du café, je me détendis. On s'occupait de moi.

Je contemplais à mon aise les yachts du port.

Une femme descendait de l'un d'eux, le plus gros. Le blanc de ce yacht n'était pas total, on avait peint en bleu marine la moitié de la coque.

Ce que je ressentis, en premier, c'est une cohérence extraordinaire entre cette embarcation et la personne qui dévalait la passerelle. Ce n'était pas seulement le bateau qui était bleu marine et blanc, c'était aussi la femme. Svelte, dorée à peine par le soleil, elle était jeune encore. Je précise « encore », car une chevelure longue et blanche lui flottait sur les épaules, avant de partir voleter derrière elle comme les ailes d'un ange. Elle portait un large short indigo à pinces, une chemise bleu ciel fermée par une lavallière. « La chemise, c'est Valentino », me dis-je (on a ses vices, mon métier était de savoir les marques des habits). Je crus qu'elle venait vers moi. Or, de sa démarche élastique, elle ne faisait qu'entrer dans le café.

Les regards convergeaient sur elle. Elle était vraiment une apparition.

La seule femme de cet âge et de cette terrasse à avoir les cheveux blancs, si l'on excepte celles nombreuses qui avaient teint les leurs, et dont je faisais partie.

Maintenant qu'elle était là-bas contre le mur et qu'elle discutait, debout, avec des amis, les hommes partout se dévissaient la tête pour l'apercevoir. J'en vis un se lever à demi de son fauteuil. Sa femme fit un commentaire, il se rassit.

On aurait vraiment dit que cette créature était une grande star que chacun de nous aurait reconnue. Faux. Une star, on sait du moins qui c'est. Alors que là, non. Juste ses cheveux immaculés la rendaient si remarquable. Ils lui arrivaient aux reins, une chevelure d'albâtre si peu raccord avec ses jambes intrépides.

Quand elle rebroussa chemin, elle passa près de ma table. Je ne sais quelle audace me poussa à l'interpeller.

« Madame ? »

— Oui ? »

Je lui donnais dans les quarante-cinq ans. Quelques rides, en papillotant sur son visage, exprimaient un don pour la vie facile.

« C'est très cavalier de vous aborder comme ça. Il se trouve, voyez-vous, que j'ai les cheveux blancs exactement comme vous… »

J'ajoutai :

« … en dessous. »

Elle croisa les bras.

« Han-han. Et est-ce qu'il y a une question ?
— Oui, bien sûr, dis-je aussitôt.
— Laquelle ? »

Eh oui, laquelle ? Dans quoi m'étais-je lancée ?

Elle avait un fort accent italien, d'un genre presque guttural, plein d'autorité et, peut-être, d'impatience. Elle n'avait pas envie d'être aimable.

De ses deux pieds, l'un commença de se lever, alerte, cette légère apesanteur du skieur avant le virage. J'allais la perdre, j'osai :

« Comment fait-on pour être comme vous ? Les cheveux, je veux dire… »

La jambe reprit de l'aplomb. Elle allait rester et me répondre.

Elle me toisa. Est-ce que seuls les cheveux blancs lui avaient donné cette extraordinaire assurance ?

« C'est très simple : il ne faut rien faire.
— Vous vous faisiez des teintures, avant ?
— Oui. Il y a cinq ans, c'était teint.
— Et… la transition ? Enfin, je veux dire… au début, il y a eu les racines, la repousse ? »

Qu'est-ce que je faisais à poser ces questions pratiques à une inconnue ?

Elle haussa les épaules :

« Eh, il y a toujours un peu de tout dans tout, non ? »

J'en frissonnais. Quelqu'un qui n'est pas heureux, vous comprenez, boit une telle réponse avec jubilation.

Je voulais maintenant que cette élue m'emmène dans sa liberté. Elle la payait cher, si ça se trouve, sur son beau rafiot. Un homme à supporter, et c'en est fait de votre bonheur.

« Il faut de la patience, c'est ça ? »

Elle secoua la tête, une interminable mèche blanche, aussi immaculée que ma chantilly qui fondait, dégringola le long de son visage. Elle la remit en place. Un tatouage aussi indigo que son short, à l'annulaire, lui tenait lieu d'alliance. L'étrange personne.

« De la patience ? »

On sentait qu'elle n'en avait aucune.

« Je ne sais pas, je me disais…

— Non. Il faut juste de la curiosité. »

Cette fois-ci vraiment elle s'échappa, non sans se retourner et lancer, à moi aussi bien qu'à une partie de la terrasse :

« Ce qu'on raconte sur les cheveux blancs est faux. »

Et s'éloigna, je la vis remonter sur son yacht, en prêtant l'oreille j'entendis grincer les cordages de la passerelle.

Dans mon dos, la voix du serveur :

« Moi, je n'en ai plus. »

Je levai vers lui des yeux interrogateurs. Il précisa :

« Des cheveux. »

Et puis :

« Comme ça, c'est réglé. »

Mais moi j'étais vers le bateau de la femme, l'esprit accaparé par l'apparition.

Il annonça :

« La pharmacie ferme à 8 heures. Ça vous laisse le temps.

— Je ne suis plus si pressée. »

Le lendemain, un sentiment d'urgence me réveilla aux aurores. Je crus d'abord que c'était mon livre, et m'y attelai une heure ou deux. Ce n'était pas ça. Quelque chose d'autre venait me distraire au milieu des mots, comme la naissance de l'amour. Je ne tenais pas en place. Je trouvai que j'avais faim, et soif. Mais, rassasiée, j'inventai une nouvelle occasion de me lever, comme aller surveiller la mer, plate encore, par la fenêtre du salon, avant de me rasseoir sans plus de raison. Puis j'y retournai. J'étais dans cet état d'excitation que le grand beau temps fait jaillir en nous, lequel grand beau temps, dehors, commençait sa promesse. Vraiment cette maison de Saint-Tropez était un miracle, elle donnait sur une jetée étalée, une esplanade où s'arrêtait le village, tapissée de filets de pêche depuis longtemps fossilisés, punaisés par les coquillages. Après c'était la mer, cette Méditerranée de mon enfance. Et encore en face, il y avait l'autre ville du golfe de Saint-Tropez : Sainte-Maxime.

Que c'était ravissant la mer pimpante, l'écume qui pétillait, le monde optimiste. Je ne pouvais détacher mon regard de cette ligne d'horizon. J'aurais juré que cela m'appelait. Chacun connaît ce double en nous qui, avec délicatesse et insistance, entreprend par moments de nous tirer par la manche, pour attirer notre attention sur un fait nouveau. C'est cela qui m'arrivait.

Les minutes passaient, le paysage restait muet, aussi beau qu'il soit.

Je persistai cependant.

Ce golfe entier m'était familier. De ma naissance à mes vingt-sept ans, j'avais passé deux mois d'été chaque année à Sainte-Maxime.

À Sainte-Maxime, c'étaient les bourgeois, à Saint-Tropez les dévoyés.

À Sainte-Maxime, par exemple, j'avais appris les bonnes manières. Une amie de mes parents avait jadis épousé un aventurier des fonds marins : le commandant Cousteau. Il était fort célèbre et passait une partie de ses vacances avec nous.

Il me savait musicienne, me demandait souvent des airs de guitare. Il m'écoutait en remontant un coin de sa bouche, me coulait des yeux veloutés. Sa femme me disait : « Tu l'as mis dans ta poche. » Je chiffonnais ma petite main dans les plis de mon short, en pensant, malgré mon jeune âge, aux endroits doux à toucher chez le commandant Cousteau. Il voulait savoir si j'aimais les poissons. Si cela m'amuserait d'en voir de très gros, un jour.

Lui aussi, tiens, il avait une tête immaculée. Les cheveux tout blancs.

Comme par hasard.

Puisque j'étais debout à la fenêtre, j'essayai de situer, sur la côte, la maison d'autrefois.

Quelque part après Sainte-Maxime, une voie privée cossue décrochait de la nationale, montait vers les mas, et la maison de nos amis. Une allée de cyprès. La villa était bordée de pins maritimes. Un jardin sec, qui ravissait le commandant (il était rassasié d'eau, après ses plongées). Un minuscule portail, ridicule, menait sur la terrasse de pierre, suspendue au-dessus d'un jardin, cette terrasse, quasi une esplanade, si vaste qu'on y organisait des matchs de volley. Les chaises longues orange, en toile délavée. Ah, je me revoyais, là-bas, jadis. En ce temps-là, je cassais trop fort les pignons avec un gros caillou. Le commandant m'en faisait le reproche : « Comment feras-tu, alors, avec les grands poissons, si tu es si brusque ? »

Comme il m'apprenait la douceur. Il disait que la mer oblige à une certaine lenteur.

Il y avait si longtemps de cela.

J'ouvris les yeux, l'évocation avait disparu. J'étais juste seule, avec sur la table mon manuscrit à terminer. Je n'avais pas vraiment envie de me remettre à écrire.

Plutôt déguster un melon.

Je passai devant le miroir en pied du salon. Je m'arrêtai :

« Ah, te voilà… »

L'enfant de jadis, l'enfant de l'autre côté du golfe, c'est elle que je vis.

Avais-je cinquante-trois ans ? Cela paraissait improbable. Oui, le corps avait enclenché ses trahisons, non, la peau n'était plus tendue comme autrefois. Était-ce le plus important ? Il m'apparut évident que non, tandis que je reconnaissais celle que j'étais depuis toujours.

Certaines personnes conservent, bien après l'adolescence, une allure juvénile. Cette grâce génétique, pourrait-elle me toucher, moi, sur le tard ? Le simple fait d'y songer me plongea dans l'allégresse.

Il faut, décidément, avoir tous les culots.

Je m'approchai du miroir pour y voir en gros plan mon visage qui espérait un âge d'or. Oserait-elle encore revenir, cette enfance, dans ces traits déjà fatigués d'adulte, vus là, en plus, à cause de la proximité, comme par un judas ?

Eh oui, elle osa.

Elle me bondit sur le front et lui fit un diadème, grâce à quoi je me sentis au bord de la nouveauté.

Et voici pourquoi :

Bien entendu, de si près, les petites racines blanches, hérissées sur mon crâne, me sautaient aux yeux. Bien entendu, c'était cela qu'il m'était accordé de voir autrement, ce matin. D'ailleurs, était-ce blanc ou gris ?

Était-ce « sale » ?

J'examinai mes cheveux, à leur source. C'était joli, ce blanc ! Si j'en avais partout sur la tête, comme ce serait merveilleux ! J'étais délivrée de strates entières de doutes, ceux-ci se décrochaient de mon esprit comme des croûtes inutiles, dont on ne comprend même plus ce qu'elles faisaient encore là.

Avec deux doigts, j'écartai et aplatis mes cheveux, à l'endroit où la raie se formait : c'était blanc sur trois millimètres, bon sang. C'était blanc comme tant de choses belles et blanches, les murs peints à la chaux en Grèce, le marbre de Carrare, le sable des bains de mer, la nacre des coquillages, la craie sur le tableau, un bain au lait, le radieux d'un baiser, la pente enneigée, la tête de Cary Grant recevant un oscar d'honneur, ma mère m'amenant à la neige, l'hiver.

Et je compris.

Un rendez-vous mystérieux était là, avec ce moi-même englouti, goudronné depuis tant d'années.

Plage des Graniers.

Il existe une plage, au bout de Saint-Tropez, juste après le cimetière marin. Une anse en coquille adorable. L'eau là-bas est protégée par des bouquets d'algues dissuasifs, les touristes les prenant pour des oursins. Cette plage, divine hors saison, l'était encore plus tandis que je descendais vers elle ce matin-là. La concession du restaurant avait été suspendue : il n'y avait plus rien ici que de hauts bambous à l'ombre desquels presque personne n'aurait eu l'idée de venir, quand les grandes plages historiques de Saint-Tropez s'étendaient non loin, pleines de confort et d'ambiance.

C'est dans le sable le plus moucheté par l'ombre des bambous que je m'installai, la serviette étalée au frais.

J'appelai mon frère à Paris.

J'aimais, le matin, vanter auprès de lui les félicités de mon farniente. Il était persuadé que je ne fichais rien, me jugeait en vacances perpétuelles, lui qui ne s'en offrait aucune. Mon travail d'écriture ne lui avait jamais paru trop pénible. Était-ce vraiment un travail, d'ailleurs ? Il blaguait que ce n'était rien, même s'il me suppliait de l'aider dès qu'il avait à rédiger lui-même quelques mots.

« Quoi de neuf, à Paris, Marc ?

— Que veux-tu qu'il y ait eu de neuf depuis hier ?! T'en as d' bonnes ! C'est Paris, rue des Vignes. J'ai jamais quitté la rue de notre enfance, sauf à passer de l'immeuble du 62 à celui du 47.

— Moi, j'ai du neuf.

— Ah bon ? »

Il n'aimait pas quand il m'arrivait quelque chose. Ça venait d'un temps ancien où notre mère, aussi parce qu'il n'était que mon demi-frère, et qu'elle l'avait eu, fille-mère, par surprise en 1952, voulait sans cesse rétablir la prétendue inégalité des chances entre nous. Après tout il était l'accidentel, et moi la légitime. Enfin, si l'on voulait ainsi voir les choses.

« Ouais, j'ai du neuf, Marc. Et même, tu sais quoi : je vais faire du neuf avec du vieux. »

Éberluée par la justesse de ma formule, je la répétai :

« Du neuf avec du vieux, mon pote.

— Tu t'es quand même pas mise avec un centenaire ?

— Non. C'est pas ça. »

J'ajoutai :

« Dans l'eau ! »

Nos jeux de l'enfance jamais morts.

« C'est quoi, alors ? T'as acheté une maisonnette ? T'avais du pognon planqué, la chômeuse, et tu le disais pas, et tu as investi dans la pierre dans cette presqu'île, là-bas où c'est le plus cher ? »

Y avait aussi toujours le soupçon que moi j'aurais de la chance avec l'argent, alors que lui, pas.

« Nan. C'est pas ça.

— C'est quoi, alors ? »

Maintenant qu'il n'y avait plus qu'à le dire, j'hésitais. Parmi ces choses que nous nous étions partagées de manière inégale à la naissance, il y avait la beauté physique. Quand mon frère était adolescent et jeune homme, il avait été si beau qu'on l'arrêtait dans la rue, on le félicitait. Il prenait cet air modeste de qui sait mieux que personne ce qu'il en est. Si j'étais dans les parages on s'empressait d'ajouter que moi, bien entendu, j'étais intelligente. Faible consolation. Aucun de nous n'avait « la totale », au fond. Seule notre mère pouvait orchestrer notre plénitude, elle seule avait le *final cut* sur ces deux gosses dont elle voulut ne faire qu'un, sa vie durant. Nous avions appris à aimer cet ordre des choses. Il était le physique, j'étais le mental. Et nous devions nous aimer pour vivre.

« Alors voilà, Marc, je vais laisser pousser mes cheveux blancs. Je vais arrêter de me teindre. »

Il ne réagit pas.

Je sais ce que je redoutais : la gouaille fraternelle, qui n'allait pas manquer d'accueillir mon esquisse de nudité. Je m'inquiétai, pour finir.

« Tu réponds rien ? »

« J'ai pas bien entendu, Sophie. Y avait un camion de pompiers dans la rue. »

Je répétai, la voix plus tremblante :

« Je vais me laisser les cheveux blancs. Et je…

— Ah, enfin !!!

— Comment ça ?

— Ça va t'aller à merveille. Depuis le temps que je te le dis !

— Comment ça "depuis le temps" ? Je ne t'ai jamais entendu à ce sujet.

— Ça va t'éclairer le visage, Sophie.

— Qu'est-ce qu'il a, mon visage, il est pas lumineux ?

— Ça va te rajeunir de dix ans, tu vas voir.

— Il est vieux, mon visage ?

— T'as cinquante-quatre ans, atterris.

— Cinquante-trois.

— Ah bon ?

— Et t'en as dix de plus, je te rappelle.

— Tu seras mieux en blanc. Bien plus cohérente.

— C'est quoi ce mot, là, "cohérente"… ? Cohérente avec quoi ? Tu me fais peur. Une vieille qui ressemblerait enfin à une vieille ?

— Non. Pas du tout. T'es paranoïaque, ma pauvre sœur ! Ce que je veux dire : prouve-le que t'as un cerveau mirobolant, en trouvant une façon d'avoir ton âge. Accepte ce que tu es en train d'accepter. Voilà, c'est ça que je dis, Sophie.

— Tu penses que c'est mieux les cheveux blancs, parce que de toute manière personne ne voudra plus de moi ? C'est ça ?

— Non. Stop. Pas du tout. Du tout. Je pense le contraire, justement. Je regarde toujours avec attention les femmes aux beaux cheveux blancs, certaines me fascinent, celles qui ont compris que c'est une extraordinaire façon de se faire remarquer.

— Tu penses ça, toi ?

— Oui. J'ai même eu une liaison avec une femme aux cheveux blancs, si tu veux savoir. Elle m'avait plu à cause de ça.

— Tu me mets en boîte, là.

— Absolument pas. »

Il était sérieux, Seigneur.

« Ça peut se révéler un atout, alors ? »

Pourquoi je posais cette question, moi qui avais vu la femme somptueuse entrer chez Sénéquier, et l'attention de tous les hommes tournée vers elle ?

« Allons, Sophie, tu sais pas ces choses, toi si futée ?! »

Je passai dix jours dans l'eau de Saint-Tropez, à flotter.

À chaque coulée de brasse, ma tête fendait l'eau facile où je baignais mes racines. À chaque coulée de brasse, c'était comme si ma tête s'ouvrait, à cet os de la fontanelle qui se referme en dernier après la naissance.

J'allais me laisser blanchir. Bien sûr, la décision je l'avais prise seule. Mais ainsi adoubée par mon frère, l'être que j'aimais le plus au monde, j'avais des ailes.

Je nageais pensant à ce qu'est, pour une femme, la bénédiction d'un homme. Je jubilais d'avoir reçu un assentiment. Je pensais aux générations qui m'avaient précédée. Au droit absolu que les hommes avaient eus sur leurs épouses, sœurs, filles. Mères, parfois. Au chemin parcouru par des générations de femmes pour arriver à l'affranchissement.

J'étais le fruit de cette liberté. Pourquoi l'approbation de mon frère était-elle si importante ? Jubiler de l'avoir obtenue, était-ce digne d'une amazone ?

J'allais pour me dire que non, quand il me sembla que oui. Hommes, femmes, nous ne sommes forts qu'ensemble. Alors que j'en prenais conscience, mon être entier se souleva sur le plancton, et s'ouvrit.

Paris. Mi-juin.

Je longeais la rue de Rivoli. Dans le jardin des Tuileries, juste en face, la chaux des allées, celle-là même voulue par Le Nôtre, montait en poussière et ajoutait une blancheur de craie à la clarté du moment. Dans cette lumière ouatée, quelque chose d'inintelligible poussait à sourire. Sous les arcades, les terrasses de café étaient remplies de touristes et de Parisiens, si contents, à cet instant, qu'on ne pouvait plus démêler les uns des autres. Les serveurs circulaient un bras en l'air, le plateau vers le ciel, ils patinaient vers leur tâche.

C'était un bon endroit pour s'immortaliser. Je m'appuyai contre un mur, entre deux arcades, brandis mon téléphone à bout de bras, comme on fait désormais pour les selfies. Je m'adressai à moi-même un grand sourire, et me pris en photo.

À trois mètres de là, depuis une berline garée devant l'hôtel Meurice, un chauffeur m'observait. On devinait ce qu'il pensait du narcissisme à la pointe de raillerie filant sur son front. Je refis la photo, en vérifiant autant de fois que nécessaire si le résultat me rendait justice, si je me trouvais sensationnelle, si on les voyait bien, les petites racines éclatantes. Sans cesse je resouriais dans le vide, ridicule devant le chauffeur.

Comme il me regardait !

La photo terminée, je m'en fus vers sa berline.

« Moi, c'est Sophie », lui dis-je.

Son sarcasme le quitta. Il resta ballot les mains sur son tableau de bord.

« Vous n'en faites jamais, des selfies ? » demandai-je.

Caché derrière ses lunettes noires. Honnête, cependant :

« Certainement pas dans la rue devant tout le monde. Mais bon, faites comme vous voulez…

— Je pars à ma découverte.

— Ça ne me regarde pas, madame.

— Madame ?!

— Miss.

— Vous voulez la voir ?

— Quoi ? La photo ?

— Mais oui, quoi d'autre, l'ami ? »

Ça le détendit. J'avais été dressée à distraire les hommes.

« Montrez-la-moi. Je vous dirai si elle est bien.

— Vous allez voir, elle est fantastique.

— Miss, attendez qu'on vous le dise.

— Vous avez raison. »

Il la considéra un instant.

« Elle est réussie. On dirait presque pas que c'est vous qui l'avez prise.

— Vous ne remarquez rien ?

— En plus, il faudrait remarquer quelque chose ?! »

Mon Dieu, ce qu'il devait se faire suer, des heures durant, à attendre…

Il se pencha sur la photo. Il m'avait pris le téléphone des mains. Avec son bras, il essayait de faire de l'ombre sur l'écran pour éviter les reflets.

Soudain, il secoua la tête :

« Non. Je vois rien.

— Cherchez encore.

— Je ne trouve jamais rien. C'est l'histoire de ma vie. »

Je l'aidai.

« Les racines.

— Quelles racines ?

— De mes cheveux. Elles sont blanches. »

Ça y est, il y était. Il s'ouvrit tout à fait :

« Ah oui, mais ça, vous en faites pas ! J'avais rien remarqué du tout ! Si c'est ça qui vous embête, croyez-moi, c'est crétin, c'est à peine un centimètre, on les voit même pas…

— On va bientôt les voir.

— Mais non !

— On ne va plus voir que ça.

— Je vous jure que non ! C'est dans votre tête ! »

Post Instagram. 19 juin.

J'avais écrit :

« Cheveux blancs. J + 12 jours depuis la dernière teinture. Racines blanches immaculées si je fais une raie (phrase hilarante). Jusqu'ici, tout va bien, comme on dit. »

49 commentaires. Parmi eux :

« Tenez bon ! »

« Courage, moi j'ose pas, quelle nulle ! »

« Vos traits seront adoucis et vous aurez un visage harmonieux et serein comme une blonde. »

« Et si on suivait toutes votre exemple ? »

« J'ai fait ça longtemps, et je n'y arrive plus. Bon, je te guette pour voir comment je pourrais ré-assumer. »

« Mais où sont mes racines ? »

Et soudain, au milieu des autres, un commentaire de @inesdelafressangeofficial :

« FOLLOWERS DU MONDE ENTIER, EMPÊCHEZ-LA !!! #idéeabsurde. » « Empêchez-la ? »

Dans les années quatre-vingt, Ines de La Fressange avait été le premier model au monde à personnifier une marque, Chanel en l'occurrence. Ces lettres de noblesse n'étaient pourtant pas ce qui nous avait liées. Nous nous étions reconnues jadis, lors d'un voyage de presse en Sicile. J'avais vingt-cinq ans. On sillonnait le pays dans un minicar pour je ne sais plus quelle opération de communication. On s'était vite retrouvées à l'arrière de ce véhicule absurde, raillant chaque minute de ce périple. Nous avions tant ri, nous nous étions tant comportées comme des potaches durant quelques jours, qu'à la fin du voyage il nous avait semblé idiot d'en rester là. Et nous étions devenues des amies.

Les années avaient passé. Elle avait eu deux filles que je considérais comme mes nièces : c'est bien une sœur que j'avais en Ines. Certains soirs à Paris, je la faisais rire si fort qu'elle partait faire pipi entre deux voitures, en se tenant à un horodateur.

C'est aussi une des rares personnes avec qui je pouvais partager des larmes.

Cette question capillaire était ancienne entre nous. Aussi belle que soit Ines, elle avait un talon d'Achille : elle désespérait de ses cheveux. Elle les avait fins, alors qu'elle aurait voulu, elle, un perpétuel volume sur le dessus de la tête. Bien évidemment, même les cheveux plaqués sur le crâne, elle était sublime. Mais c'était plus fort qu'elle, il fallait que ça monte. Ça ne « tenait » jamais assez. Ou bien, si des bigoudis et un brushing avaient accompli un miracle, ça redescendait en quelques heures. « En quelques minutes », selon elle.

Elle se battait contre ce qu'elle appelait « la fatalité ».

Exaspérée, elle s'était teinte en blond platine un été, dans sa maison en Provence. Pour conjurer quelque chose. Elle était très brune de naissance. Elle avait fait son coup en douce, avec des produits achetés Dieu sait où. Le résultat était cocasse, encore que rien, jamais, n'aurait pu enlaidir une si belle femme. Et elle avait passé les vacances ainsi, les cheveux vanille. La blondeur artificielle lui surgissait constamment du chapeau de paille, elle le gardait enfoncé sur sa tête le plus souvent possible. Parfois du fond de la maison, on l'entendait pouffer de rire : « Une folle ! » C'est qu'elle venait de se croiser dans le miroir.

De retour à Paris, elle avait affronté bravement les regards. Les gens me disaient : « Elle est si jolie, pourquoi elle a fait ça ? » Mais moi je trouvais fantastique qu'elle ait eu de l'audace. Je lui aurais donné raison en n'importe quelle circonstance, devant n'importe qui.

Aujourd'hui, qu'est-ce que ça pouvait bien lui faire, à mon amie, que j'aie les cheveux blancs ?

J'y songeais, bien perplexe, en caressant mes racines.

Ma mère, jadis : « Tout ce qu'on dit, c'est de soi. »

22 juin.

Jardins du Palais-Royal.

Invitée à un anniversaire. Les fenêtres étaient ouvertes, chaude soirée. Le balcon de pierre venait dans l'alignement de la cime des arbres, qu'on avait taillés à la française, carrés. Donc, dans la nuit, c'était presque un pré devant moi ce toit plat des marronniers.

On tenait à cinq sur le balcon. Dès que quelqu'un regagnait le salon, un autre s'empressait de le remplacer.

Tout le monde avait vu sur Instagram le commentaire d'Ines.

Une de mes camarades, notamment, s'insurgeait :

« C'est agressif. Elle aurait dû te parler en privé…

— C'est mon amie.

— Une amie te donnerait du courage.

— Elle pense peut-être que, si je me laisse les cheveux blancs, c'est par découragement.

— C'est faux !

— Je ne serais pas si catégorique. Il y a un découragement à se teindre. Enfin, je veux dire, à cacher continuellement ce qu'on est. À la fin, on n'en peut plus.

— Si tu le fais par dépit, raison de plus pour ne pas t'enfoncer davantage.

— Je n'ai pas dit que c'était par dépit.

— Moi, je trouve que nous, tes amis, on est surtout là pour t'épauler. Bon, là c'est spécial, je te l'accorde. Ce n'est qu'un moment à passer. Tant pis pour ceux qui pensent que tu as oublié d'aller chez le coiffeur pour te faire les raccords. Les gens sont médisants. Nous, on s'en fout, on te prend comme tu es ! Il n'y a qu'en essayant, tu verras si ça continue de faire sale ou si ça s'arrange. Je trouve qu'on doit te faire confiance. Elle croit quoi, Ines, que tu sais pas le risque que tu prends ?! Les cheveux blancs jaunissent vite. Ça peut être affreux, si on se laisse aller. C'est un entretien de chaque instant. Ça s'oxyde. Et puis ça n'a pas la même texture, c'est plus épais, plus difficile à coiffer. Ça peut être comme des poils de cul ! Et l'autre, là, elle vient t'emmerder à donner son avis ?! Comme si c'était pas déjà suffisamment difficile comme ça en ce moment pour toi ?! »

J'avais envie d'appeler Ines pour lui clamer ma tendresse.

25 juin.

Le palais de Tokyo, à Paris, s'étale sur deux niveaux. J'étais sur l'esplanade du haut, assise en train de prendre un café en attendant Ines. De cette terrasse, on avait un point de vue formidable sur les quais de la Seine (que les acacias touffus masquaient, en cette saison) et l'esplanade du bas, où s'entraînaient les skateurs. Le sol en dalles de marbre, lisse, offrait une piste inespérée pour ce sport. Les jeunes garçons glissaient, galvanisés par nos regards, à nous, ceux d'en haut. Ils filaient entre les bassins, à vous en captiver l'âme.

Elle, elle était la seule femme au milieu de ces garçons. Ses longs cheveux lui venaient jusqu'aux reins, ils volaient derrière elle quand elle s'élançait. Quand elle sautait, ils se cabraient dans l'air en prenant, l'espace d'une seconde, un aspect géométrique, d'une netteté tranchante.

On aurait pu, sur un malentendu, la prendre pour une blonde. Tout simplement par esprit de déduction, parce qu'elle faisait du skate avec des gamins de seize ans et parce qu'elle en faisait si bien, avec tant de vitalité. La tête était bien blanche, toutefois, et on le comprenait vite, à voir de quelle manière le marbre blanc du palais de Tokyo et la chevelure d'albâtre ne faisaient qu'un.

Ines arrivée, je voulus lui désigner la femme extraordinaire. Mais elle avait disparu. Et quand j'entrepris de la décrire, ce fut comme si je mentais.

27 juin.

Paris. Marché Saint-Honoré.

On se voyait les samedis. Je n'avais jamais trop compris ce qu'elle faisait dans la vie. Blonde, rafistolée, énergique. Mon âge. Il m'arrivait de prendre un café avec elle sans jamais parvenir à reconstituer, à travers son babil et ses anecdotes, où et comment nous nous étions rencontrées.

Certains êtres ont l'air de nous connaître, ils nous demeurent étrangers à jamais.

Elle n'avait pas trop le temps de parler, les bras chargés de victuailles :

« C'est merveilleux, ce que tu as décidé de faire. C'est très courageux. Si c'est réussi, je m'y mettrai aussi. Après tout, on a l'âge qu'on a. C'est foutu, qu'on le veuille ou non. C'est le début de la fin, faut voir les choses en face. Les hommes ne nous regardent plus qu'à moitié, alors qu'est-ce que ça peut bien foutre qu'on devienne carrément invisibles à leurs yeux, hein, je te le demande ?! On s'en contretape de ces connards. Qu'ils aillent au diable ! Qu'ils aillent voir ce que c'est que de s'emmerder avec des gamines, qu'elles les fassent chier jusqu'au trognon, qu'ils se bouffent leur vieillesse via la bouche d'une jeunette qui finira par leur vomir dessus leur sperme avarié. Et nous, les Invisibles, on sera peinardes à se les rouler avec les cheveux gris, tant pis, tant mieux. C'est toi qui as raison. Foutu pour foutu, autant ne pas être foutue du tout.

— Quel programme ! Tu serais pas un peu radicale ?

— Les hommes sont trop cons pour désirer des femmes aux cheveux blancs.

— Faut peut-être leur montrer que c'est possible, juste. J'ai toujours eu cette candeur de penser que les hommes, c'est aux femmes de les libérer.

— Ah ben, c'est le comble. »

Elle disparut comme elle était venue. Soudain elle ne fut plus là. Elle en avait assez entendu, en somme !

Post Instagram. 26 juin.

J'avais écrit :

« C'est tellement dingue, au fond. J'ai l'impression d'avoir la main verte et de regarder pousser quelque chose. Je pensais qu'il allait falloir du courage, mais je ne le crois plus. Il faut juste de l'inventivité. Mes yeux s'ouvrent à un monde. À ces autres et à leurs cheveux. »

56 commentaires. Parmi eux :

« J'aimerais mais je n'y arrive pas. Quelle liberté vous vous offrez là, je vous envie. »

« Proche de ses racines. »

« Pas sûre que ça aide pour le moral des jours sans. »

« Si ça vous va, j'essaie !! »

« Il n'est point de secret que le temps ne révèle. Racine. »

Début juillet.

Le salon de coiffure de Dephine Courteille était dans une arrière-cour pour initiés.

La modestie de l'endroit ne laissait pas supposer les miracles qui s'y tramaient. Une porte d'entrée menait directement à une grande salle, où tout se passait. Elle était prise dans le lierre, on avait des scrupules à écraser quelques feuilles de cette abondante végétation en la poussant.

« C'est moi ! »

J'arrivais toujours là-bas par ce cri familier.

Delphine, aussitôt :

« J'étais sûre que tu allais venir ! J'ai vu ton post sur Instagram. À propos de tes racines. »

Et, en me prenant par les épaules :

« Montre voir ! Y a un bon centimètre, eh ! bravo ! »

Ces quelques mots, j'en fus aussi émue que des encouragements d'une mère.

« Je suis venue voir ce qu'on peut faire, Delphine.

— Viens t'asseoir ici. »

Elle se mit derrière moi, les coiffeurs font ça. Elle et moi fixions le miroir où nous nous reflétions, et elle me regardait moi, et je la regardais elle. C'était un authentique génie de la coiffure. Rien qu'en coupant une mèche, elle vous remettait les proportions du visage dans le nombre d'or.

« Alors, on fait quoi ?

— Comment ça : "On fait quoi ?" Tu ne viens pas pour couvrir à nouveau tes racines, dis-moi ?

— Non… je voudrais juste savoir par quel miracle on va passer de brun à blanc ? Parce que là, c'est bâtard, reconnais. Y a pas moyen d'accélérer le processus ? »

De ses doigts doux, Delphine farfouillait dans mes cheveux. Ça me berçait.

« On pourrait bleacher. Tu vois c' que c'est, bleacher ?

— Décolorer ?

— Oui. Retirer les pigments.

— Pourquoi tu dis pas "décolorer", Delphine ? Pourquoi tu dis "bleacher", ce mot horrible, à la place ?

— Parce que je ne suis pas écrivain, moi. »

Elle me chatouillait la nuque, maintenant.

« Si on bleachait, on arriverait à retirer cette teinture marron dégueulasse ?

— Oui, Sophie.

— Ce serait blanc ?

— Non, ce serait pas vraiment blanc. Ce serait jaunâtre. Après, il faudrait teindre dans une teinte proche de tes racines. Trouver un blanc nacré.

— Euh, c'est pas rare, ça, un blanc nacré, en teinture ?

— Tu veux la vérité ?

— Oui !

— C'est introuvable.

— On fait comment, alors ?

— Je sais pas, Sophie, je sais pas… je cherche une solution. »

Bien rêveuse, soudain.

« Mais enfin, Delphine, il faut trouver un moyen de me retirer cette merde de pigments ! Je vais pas passer des mois avec d'un côté le blanc qui pousse et de l'autre la moitié de la tête en marée noire. Je ne vais pas vivre avec les deux couleurs à la fois. Je n'aurai pas ce courage. »

J'avais honte de dire ça, je repensais à la femme de chez Sénéquier : « Il ne faut pas du courage, il faut de la curiosité. »

Et Delphine :

« Qu'est-ce qui te fait si peur, Sophie ?

— Je vais ressembler à un zèbre ! »

L'argument avait sa pertinence. Elle ne pouvait le nier.

Elle souleva la masse de mes cheveux.

« Ou alors on coupe court.

— Ah ça, Delphine, n'y pense même pas. Ça m'a pris cinquante ans d'oser les cheveux longs. Parce que, tu sais, quand j'étais jeune mon frère me disait toujours que ça ne m'irait pas, que c'était pour les jolies filles et que, pour moi, un éternel féminin serait à jamais inatteignable. Je t'ai parlé de mon frère ? Il a dix ans de plus que moi. Il disait que les cheveux longs ne pardonnaient pas. Si on n'avait pas un visage à peu près symétrique, chaque difformité était mise en évidence. Il était persuadé que, à moi, il me fallait quelque chose de flou et de follet, pour masquer l'irrégularité de mes traits, parce que je n'étais pas née si belle. Il disait que, malheureusement, je n'avais pas la perfection des madones.

— Tu avais quel âge, quand il te racontait ces sornettes ?

— J'étais adolescente. Et c'étaient pas des sornettes. Il était juste franc, Delphine.

— Il a été épouvantable avec toi !

— Non, il m'aimait. Il m'aime. Et on coupe pas court. On va bleacher et tu vas te démerder pour me teindre en blanc nacré introuvable. »

Elle replongea ses mains dans mes cheveux, les fit bouffer. Je les avais vraiment longs.

« Je ne peux pas blanchir une telle longueur, encore moins une telle épaisseur.

— En plusieurs fois, ça pourrait se faire ?

— Oui… »

Là encore, ce doute.

« Y a quelque chose qui te gêne, je le sens.

— Non, non… »

Elle ne savait pas trop mentir.

« Sophie, s'il y a une personne qui peut le faire, c'est toi.

— Quoi donc ?

— Beaucoup de gens t'admirent pour ta liberté. Tu as une force.

— Tu m'effraies, là. Je ne sais pas où tu veux en venir mais, va pas t'imaginer que la liberté soit facile à vivre.

— Je sais. »

Elle posa son menton sur le sommet de mon crâne. On avait nos deux têtes l'une sur l'autre qui se reflétaient dans le miroir.

« Je me doute que c'est pas évident tous les jours, Sophie. Mais la réalité est là : tu es libre. Et tu représentes quelque chose pour des milliers de gens.

— Tu enjolives.

— Non. »

Je lui voyais un drôle d'air de conspiratrice.

« Où veux-tu en venir ?

— Eh bien, je me dis que, si toi tu le faisais, tu ferais réfléchir beaucoup de monde. »

Je lui retirai les mains de ma tête.

« Mais bon sang, de quoi est-ce que tu me parles ?! »

Elle les reposa aussitôt sur ma nuque.

« Les femmes dont les cheveux blanchissent, tu vois bien ce qui se passe : elles se planquent. Des centaines de milliers de femmes, sans doute des millions, sont en train de grisonner ou de blanchir pendant que nous parlons. Elles sont comme toi, elles se sentent vulnérables, pendant cette transition. Cet entre-deux, les Américains appellent ça le "*going grey*". Des discussions sont organisées sur des forums internet où les femmes viennent se faire aider psychologiquement. C'est quelque chose d'énorme, Sophie, qui est là dans la société. Sous la société, je devrais plutôt dire. C'est une définition de la femme qui est en jeu, des critères qui l'enferment et la réduisent à quelques options de beauté. Si toi tu prouvais que tu n'as pas honte de cette transition, ça aurait une portée immense. »

Le salon entier l'écoutait. Plus personne ne coiffait personne, et les teintures charbonnaient sur les têtes.

« Euh, tu proposes quoi ?

— Tu pourrais montrer, grâce à ta popularité, que même cette mue a un intérêt.

— Et ?

— Sophie, tu pourrais laisser venir les choses, simplement ?

— Ne pas agir, tu veux dire.

— Ce serait agir.

— Agir en me laissant pousser les cheveux blancs sans couper les cheveux marron ?

— Oui. À la face du monde.

— Et donc être un zèbre ? Pendant des mois ?

— Ce sont des bêtes magnifiques. »

Je rentrai chez moi, j'y réfléchis.

Pendant des années, j'arrivais chez Delphine :

« C'est moi ! »

On m'indiquait une chaise. Delphine surgissait dans mon dos :

« Alors, on en est où ? »

Elle vérifiait d'abord l'évolution de la teinture, si je n'étais pas devenue trop rouge ou trop rouille, maintenant que ce n'était plus si noir. Elle écartait les cheveux, jaugeait les racines.

« C'est fou ce que c'est blanc ! Y avait des cheveux blancs dans ta famille ?

— Ma mère.

— Ah ben, cherche pas. Ça vient de là.

— Mon père, aussi.

— Ah ben, tu l'as de partout.

— Mes grands-mères, grands-pères, mes tantes : blanches comme de la nacre, maintenant que j'y pense.

— C'est héréditaire.

— J'avais une grande mèche blanche quand j'avais quatorze ans.

— Que tu t'étais faite ?

— Non, naturelle. Je l'ai recouverte à trente-quatre ans : une amie m'avait assurée que ça allait me rajeunir de dix ans. Revenir à mes vingt ans, en somme…

— T'étais heureuse à vingt ans ?

— Non.

— Pourquoi voulais-tu revenir à cet âge-là, alors ?

— Eh oui, c'est idiot. Pour avoir une seconde chance, peut-être ? À vingt-quatre ans, je voulais mourir. Je vivais avec un monstre. Un intellectuel, comme qui dirait. Sauf que : un crétin mécanique en tout… un marteau-piqueur. Et violent, avec ça. Je hais la violence. J'ai vécu avec ce type infernal, tu te rends compte ?! Moi qui ne peux pas regarder quelqu'un se faire battre ou agresser dans un film. Une fois, je suis sortie du cinéma, j'étais allé voir *Pulp Fiction*, je ne supportais pas la scène où un gars se fait chahuter dans une petite pièce. Bref, pour en revenir à mes vingt-quatre ans, Delphine, je passais mon temps à pleurer. Dis voir, au fait, mes cheveux sont blancs partout ?

— Oui, partout.

— Derrière, c'est blanc aussi ? »

Elle vérifiait.

« Oui, c'est blanc partout.

— Tu veux dire complètement blanc ?

— Oui, Sophie. À part en lisière de la nuque, mais ça c'est le cas de la plupart des gens.

— Bordel, c'est blanc !

— C'est rare d'être si blanche à ton âge.

— Et c'est un beau blanc ?

— Oui, c'est un blanc éclatant, Sophie.

— Ce serait comment, si j'arrêtais de teindre ? »

Même Delphine ne pouvait pas le dire, à quoi cela ressemblerait vraiment, au naturel. L'embryon de couleur qu'elle me voyait aux racines ne lui fournissait qu'un aperçu de ce que ça pourrait donner. Le reste, il fallait l'imaginer. Il y avait cette surprise, une sorte d'inconnu qu'on abrite tous, sous la teinture, il faut en accepter l'idée.

Comme c'était étrange, n'est-ce pas, ce peuple de personnes teintes qui n'ont pas la moindre notion de ce qui se trame derrière leur apparence trompeuse ? Quelqu'un d'autre en nous, ou plutôt un autre nous-même, vieillit à notre place.

Librairie Galignani, rue de Rivoli.

J'étais entrée avec une idée derrière la tête. D'ailleurs, droit vers le rayon anglophone, tout au fond. Le vendeur de cette section me connaissait bien. Je lui avais dit ce qui m'amenait, et là il venait de poser sur le comptoir le livre recherché. Il l'avait trouvé sans peine, c'était *Le Portrait de Dorian Gray*, d'Oscar Wilde. Le thème du livre est fameux : Dorian Gray se voit proposer la jeunesse éternelle. Son portrait réalisé par un peintre, vieillira à sa place. Le tableau est dans une salle d'étude, dans sa maison. C'est un pacte avec le diable. Mais ce marché a un prix.

Le vendeur était un érudit. J'avais honte d'acheter un livre aussi connu. Je crus devoir me justifier :

« Je l'ai lu, il y a très longtemps. J'étais au lycée… C'est pour ça… que je voudrais m'y replonger. »

Et lui, le vendeur :

« Tout ce qu'on lit à l'adolescence, il faut le revisiter après.

— J'avais adoré.

— Tout le monde aime ce livre. Il exprime quelque chose d'universel.

— C'est un livre effrayant, non ? Je me souviens, quand je l'avais lu, la première fois… ce portrait qui vieillit à la place de Dorian Gray, ah, ça me collait des frissons.

— Tout le monde voudrait rester jeune à jamais, murmura le vendeur, comme si la question se posait tout particulièrement pour lui, ces derniers temps.

— Ah bon ? Je ne sais pas.

— Moi, je sais : c'est tentant d'être Dorian Gray. Et on peut comprendre que lui-même ait été tenté. Si on vous le proposait ? Le portrait vieillit, pas vous. L'idée a son charme, admettez-le. C'est si malheureux de perdre sa jeunesse. Quel désespoir, rien que d'y penser… !

— Sauf que Dorian Gray n'est pas heureux. Sa solution est mauvaise. Il sait que le portrait vieillit, où qu'il le relègue.

— C'est vrai.

— Et puis : ce portrait qui vieillit, c'est lui, malgré tout.

— Certes. Dites-moi, ça a l'air de vous passionner !

— En effet. »

Je rentrai chez moi, le livre à la main. Je le tenais comme ces clefs d'hôtel qu'on brandit devant soi, et dont on va se servir tout de suite.

Je lus le roman en une nuit. Il était 5 heures du matin, je n'avais pas encore fini. Dorian Gray était difficile à aimer car Oscar Wilde dépeignait son âme de sorte qu'on ne pouvait s'apitoyer. Et ce n'est pas à lui, en vérité, que je pensai soudain, mais aux femmes. Le portrait de Dorian Gray était celui de chaque être humain croyant échapper au vieillissement par des parades. Et où la trouvait-on, aujourd'hui, cette parade ? Sur les femmes. Mais en pire, à vrai dire. Car, pour des millions de femmes, le portrait n'était pas planqué dans une salle d'étude : la face cachée était là, à fleur de cuir chevelu.

Les bulbes vieillissaient à la place des femmes. Sous elles, mon Dieu. Le tableau, c'étaient elles, avec leur teinture en guise de peinture.

Oscar Wilde était mort à quarante-six ans, vaincu aussi par la prison, l'opprobre, les conventions, la bêtise humaine, lui, un génie.

C'est un détail, mais il avait peu de cheveux blancs. Voire, pas un seul. Se teignait-il ? Est-ce que ce « Gray » de Dorian voulait dire « gris » ? J'avais appris, durant mes études, que « gris » se traduisait *grey* chez les Anglais et *gray* chez les Américains. Était-ce déjà le cas au XIXe siècle ?

Je m'en fus regarder ce qu'on pouvait trouver sur ce nom de Dorian Gray sur internet. Je tombai évidemment sur un site qui en savait long, avantage du monde moderne. Le prénom, Dorian, renvoyait à l'Antiquité grecque, à ses canons de beauté, à sa statuaire et à son haut niveau de civilisation, de victoire illimitée. Et puis c'était écrit que Gray, bien évidemment, renvoyait à des limbes, des eaux troubles, à une zone plus sombre de l'âme de Dorian.

Mais de l'âme aux cheveux, il n'y a pas long à aller.

Mon téléphone sonna, c'était mon frère :

« Je te dérange ? Je suis sûr que tu rêvassais.

— Plus ou moins. Je vais écrire un livre.

— Encore ! Mais tu viens d'en terminer un !

— Un autre, et je vais l'appeler : *Dorian Gray, saison 2.*

— Eh ben, ça commence fort, je comprends déjà pas le titre ! »

Mi-juillet.

J'étais à ce rendez-vous, dans un restaurant japonais à Paris, assise devant le directeur d'un important groupe de presse français.

Son temps était compté, je fis au plus vite.

« Alors voilà, Louis, tu as sous ta coupe des journaux sérieux. Et moi je m'occupe de mode, et je voudrais te convaincre de deux choses : d'abord que la mode, donc les habits, donc la manière dont on se présente au monde, sont un sujet politique et vital, sérieux donc, que je pourrais traiter pour vous. Et ensuite, qu'une certaine légèreté, donc l'inverse de ce que je viens de dire, vous serait également profitable. En conséquence de quoi, je te propose les deux dans l'un : tu devrais m'embaucher. »

Parlant de mode avec des hommes, surtout ceux de pouvoir, je m'étais toujours cognée à la même résistance. Le mépris du sexe masculin pour les futilités qui ne sont pas les leurs est incommensurable.

Et pourtant :

« Je suis bien d'accord, avait dit Louis.

— Euh, es-tu sûr ?

— C'est réglé, je te prends. »

Il en avait terminé.

Nous avions commandé un « Tigre qui pleure », plat copieux. Il restait de la viande dans son assiette. Il l'avala avec une voracité de vainqueur, je fis pareil.

« Et à part ça, tu vas bien ? me demanda-t-il.

— Oui… »

Puis :

« Dis-moi, Louis, tu me recrutes parce que tu t'intéresses à la mode, ou parce que les grandes marques de mode achètent des pages de publicité dans tes journaux, et que tu es bien obligé de t'y intéresser, au fond…

— Je te recrute parce que tu es vivante et moderne. »

Il avait fini sa dernière bouchée.

« Tu as quand même bien vu que je me laisse les cheveux blancs ?

— Tu es vivante et moderne quand même.

— Récemment, quelqu'un m'a dit que ça allait être difficile pour moi de trouver du travail. La phrase, c'était : "Ah, parce que tu crois qu'on va venir te chercher, à l'âge que tu as… ?"

— Ça m'étonne que tu t'arrêtes à de telles sornettes.

— J'ai posté une photo de moi sur Instagram, avec mes cheveux blancs. Une femme a fait ce commentaire : "Je voudrais faire comme vous, mais je ne le peux pas car je suis à la recherche d'un emploi." Et toi, tu me recrutes. T'expliques ça comment ?

— J'explique que j'avais même pas remarqué.

— Mes cheveux ?

— Quoi d'autre ? »

Fin juillet. À Barcelone pour des défilés.

Je voyageais avec un collègue. Un consciencieux, à ce qu'on racontait. En plein milieu du vol, il sortit ce qu'il appela son « planning », il se mit à biffer les shows selon lui incontournables de cette « fashion week ». Parfois, il retournait le crayon et utilisait la gomme. Ce n'était jamais parce qu'il avait coché par erreur un show de trop, c'était toujours parce qu'il s'était trompé de ligne.

« Et toi, t'as pas ton planning, Sophie ? »

Lui dire que ces derniers temps, de programme, malgré mon embauche inespérée, je n'en avais qu'un : laisser pousser mes cheveux.

« J'irai où tu iras.

— Ah, mais moi, me suivre peut se révéler fastidieux, puisque je vais à tout.

— Alors pourquoi tu mets des croix ? »

Il reconsidéra sa feuille.

« Je sais pas trop. »

Quand l'avion obliqua sur la mer, on vit Barcelone là en bas et la piste d'atterrissage au loin, il se pencha avec moi vers le hublot. Sa feuille lui glissa des doigts, fusa deux rangées devant lui dans l'allée centrale.

« J'irai la ramasser après.

— Ben oui.

— Là, je ne peux pas.

— Ben non. »

J'ajoutai :

« En même temps, t'as tout biffé, alors c'est facile de se souvenir…

— Oui mais, et le programme ? On ne peut pas avoir en tête l'intégralité du programme ?! Il me faut la feuille. »

Un comique.

« On l'aura partout le programme. Il est sur internet.

— Ça va coûter cher de se connecter chaque fois à la 4G depuis l'Espagne.

À l'arrivée des bagages, il n'arrêtait pas de déplier et replier sa feuille. Car, bien sûr, il s'était rué pour la ramasser. Il m'était sympathique, toutefois. Le monde de la mode est plein de ces grands enfants proprets et apprêtés. Quasiment tous gays. On ne fait pas ce métier sans les aimer.

Il m'agita de nouveau, après qu'on eut récupéré les bagages :

« On va directement au premier show et on laisse nos affaires au chauffeur qui les ramène à l'hôtel ?

— On n'irait pas plutôt déjeuner ?

— Il est 11 heures ! »

Or, tandis que nous sortions de l'aéroport, ce garçon fut happé par la douceur de l'air. Il me prit le bras, sur le parking :

« On pourrait rater les premiers shows du matin… ce ne sont pas les plus importants. »

Deux heures plus tard, nous étions vautrés sur la banquette en toile de Jouy d'un café de la Plaza Real. On venait d'avaler la dernière tranche de Jabugo.

Le rioja avait accompli ses prodiges, il ne songeait plus à aller travailler.

« On peut rater la première journée. C'est pas la plus importante. »

Puis, deux mains posées sur son estomac :

« Je sens que je prends du ventre.

— Mais non, c'est dans ta tête.

— Je te jure, je vois plus ma bite.

— C'est parce que tu bandes pas, c'est tout. »

Il me donna un coup de poing enjoué dans les côtes.

« Tu dis de ces trucs ! »

Renversant sa tête en arrière.

« Mais bon sang ce que c'est reposant, de ne pas bander…

— Parce que tu bandes tout le temps, normalement ?

— J'essaie. »

S'étalant de plus belle.

Roulant sur le flanc.

« J'aime bien tes cheveux… pourquoi tu les attaches pas comme une danseuse de flamenco ?

— Comment ça ?

— Avec un chignon tout net. La raie au milieu. »

Il entreprit de me le faire. Ma foi, y réussit assez bien. Il fit une photo pour me montrer. Le chignon bien bas était pris dans la nuque telle une castagnette de rechange remisée dans une paume secrète. Au sommet du crâne, les racines blanches avaient la régularité d'une bande d'arrêt d'urgence.

« Tu es la reine de quelque chose. »

Il se hissa sur un coude :

« Dis donc, et si on baisait ?

— Tous les deux ?

— Oui quelque chose de traditionnel.

— Tu pourrais pas baiser avec moi, t'es trop gay !

— Ouais, mais maintenant que t'as ces cheveux de fou, même à moi tu fais de l'effet ! Cary Grant, à la fin de sa vie, avait cette tête immaculée. Ah, Cary Grant a toujours été un fantasme…

— C'est bien ce que je disais : tu es trop gay. »

Un autre café dans Barcelone. Le lendemain. Ce n'est pas compliqué, on les faisait tous.

On s'était mis sur Twitter. On était tombés sur un article : un ami à moi, un manitou des médias en France, venait de filer sa démission. Suite à de profonds désaccords avec ses actionnaires, il rendait son tablier.

Il y a des années de ça, et jusqu'à atteindre la pleine renommée, cet homme avait révolutionné l'audiovisuel. Je le croisais de loin en loin. Nous nous aimions bien, je crois. Mon camarade, lui, devait se contenter de l'admirer.

« Tu te rends compte de ce que ce type a inventé ?!

— Oui, ça me fait mal au cœur qu'il se barre.

— Il a du panache, je trouve. C'est lyrique, de démissionner.

— C'est un type à beaux gestes. »

Il me coula un regard, par en dessous.

« Tu le connais bien, cet homme ?

— On s'apprécie.

— Il est pas mal, eh. Ça lui fait dans les combien ?

— Soixante-neuf ans… c'est marqué dans l'article.

— J'ai l'impression qu'il se teint les cheveux ?

— Je ne crois pas. Et puis, tu sais, je me suis teinte pendant des années.

— C'est plus pathétique chez les hommes.

— Je n'irais jamais juger ça chez personne, crois-moi.

— T'es trop bonne. C'est tellement hétéro, ce que tu viens de dire.

— Non, j'aime bien ce gars, c'est tout. Je vais lui envoyer un petit texto. »

Je le fis, j'écrivis :

« Je viens d'apprendre… Quel pays de fous. Partons tous vivre à Barcelone ! »

Il me répondit aussitôt :

« Et si on y allait ensemble ? »

J'ai toujours adoré la nonchalante audace de certains hommes. Cette façon de lancer des filets au petit bonheur la chance. Cette séduction distraite.

« Il a mis quoi ?

— C'est privé.

— Montre, idiote. »

Je lui montrai.

« Ah ben dis-moi ! C'est pas rien !

— Il plaisante.

— Qu'il plaisante, va. Ça commence toujours comme ça. On lui répond quoi ?

— Rien.

— On saute pas sur l'occasion.

— Évidemment que non.

— Et on peut savoir pourquoi ?

— Plus tard, peut-être. Quand je serai complètement solaire. Là, ce serait vache de demander à cet homme de baiser avec un zèbre. »

Le troisième jour, mon camarade alla aux shows. Il était redevenu studieux.

Moi, je louai un vélo électrique en bas de l'hôtel.

Je filais sur le front de mer, en savourant la facilité de tout. Qui a déjà fait du vélo électrique sait qu'à chaque coup de pédale, on se prend dans le corps une propulsion, d'une irrésistible onctuosité. Et il faut avoir été étranger dans une ville, seul, avec un temps devant soi étiré et limpide, pour comprendre l'état de béatitude qui peut vous prendre alors.

J'allais ainsi, déjà follement bien disposée, avec le blanc sur ma tête, et y songeant d'ailleurs, quand une ouverture au loin, un débouché extraordinaire, attira mon attention. La lumière changeait là-bas au fond, prenait une douceur satinée, l'air scintillait.

Je pédalai vers cette nouveauté.

En m'approchant, je compris qu'en fait, j'avais devant moi une immense plage. La fameuse plage de Barcelone, là en ville, avec ses rouleaux turquoise. Ça paraissait improbable, autant de clarté en pleine civilisation, autant de surprise. J'avais imaginé la plage beaucoup plus loin.

Un rêve récurrent de mon enfance me revint à l'esprit : je m'égarais dans Paris et finissais par découvrir, en lisière de la ville, dans la proche banlieue, l'existence d'une baie miraculeuse, une plage dont personne, inexplicablement, n'avait jamais pensé à me dire qu'elle était à portée de main. Ou bien, est-ce que moi seule je la voyais ? Avais-je un secret ? Et je me réveillais toujours émerveillée, et perdue, car à qui demander si cette plage existait ?

Je repensai à cet ami qui venait de démissionner. L'extrême sympathie avec laquelle il s'était toujours adressé à moi, l'intérêt que, de loin en loin, j'avais pu porter à son sort. Son beau visage ouvert. Le mélange, chez lui, d'une grande, insondable immobilité, et d'une intrépidité de gamin. Ce charme.

Je me vis dans le rétroviseur du vélo. La raie blanche, au sommet de mon crâne, crépitait sous le soleil. Combien de temps avant de quitter cette étrangeté de la repousse ?

Ne valait-il pas mieux aller à l'instant même ici dans Barcelone se faire rebadigeonner la tête dans un salon de coiffure, ressortir de nouveau brune et répondre à cet homme : « Quand tu veux, où tu veux… » ? Étais-je en train de renoncer à quelque chose, avec ces cheveux blancs ?

Ni la belle plage bourrée de jeunes gens, ni la douce propulsion du vélo électrique ne pouvaient m'aider à trouver la réponse.

« Et si on y allait ensemble ? »

« N'y pensons plus », me dis-je.

Retour à Paris.

Post Instagram. 19 juillet.

Un selfie dans un jardin. Le blanc à la racine de mes cheveux et le banc de l'allée en arrière-plan : les mêmes.

J'avais écrit :

« Je possédais ce trésor caché là-dessous. »

Quelques commentaires :

« Nous sommes toutes pareilles #bordel. »

« Courage, ça va être difficile mais tu vas y arriver (c'est la phrase que disait la maîtresse d'école aux jeunes élèves du CP). »

« Hâte de voir ta tête couronnée de blanc ! »

« C'est émouvant et ça va être renversant ! »

« On dirait qu'une nouvelle vie va sortir ! »

« Ça laisse la place à beaucoup de liberté, tout ça… »

« Sainte Sophie, donnez-moi le courage de suivre votre exemple… »

Mon immeuble. 22 juillet.

Des voisins. Des gens du cinquième. Un couple. Nous attendions l'ascenseur. Elle, assez affable. Lui, plutôt bourru. Ils allaient au septième, moi au sixième. La cage de notre ascenseur était minuscule, il hésita un instant à monter à pied. On aurait parié que l'univers des femmes l'effrayait, dès lors qu'elles étaient plus d'une. Il allait pour prendre l'escalier, se ravisa, s'engouffra avec nous. C'est que ça faisait haut, cinq étages.

Le plafonnier de l'ascenseur projetait sur mes racines une lumière crue. Elle les fixait d'ailleurs.

« J'ai arrêté les teintures », dis-je, presque pour donner une explication à la lumière même de l'ascenseur.

Elle, c'était une femme affable, très souvent nous discutions dans le hall, en nous croisant.

« C'est stupéfiant ce que c'est blanc !

— Oui, c'est pour ça. J'avais de plus en plus de mal à les cacher, alors autant les montrer.

— Je suis sûre que ça va très bien vous aller.

— Merci !

— Vous allez faire des émules ! »

À cet instant, l'homme, qui avait gardé les yeux machinalement fixés sur le sol, releva la tête, mais comme on le fait à regret, à demi, et me lança :

« J'espère bien qu'elle ne fera jamais une chose pareille. »

Disant cela, il ignorait délibérément sa compagne.

Je lui jetai à mon tour un regard interrogateur, quoique, peut-être, plein d'insolence. Ce qui l'amena à ajouter :

« Les femmes aux cheveux blancs, ça je ne peux pas.

— Gilles ! »

Tancé par sa compagne, il se contorsionna, bravant l'exiguïté du lieu, il se mit de dos, les bras croisés, un enfant boudeur. Il avait les cheveux poivre et sel, lui. Il me fit pitié, il s'était puni si vite, exclu d'une entente féminine, universelle, dégueulasse. La femme lui caressa l'épaule, tendresse dont il se défit d'une secousse. Il nous en voulait, à moi d'être comme j'étais, et maintenant à elle aussi de le cajoler devant moi.

Je me sentis responsable. Je savais l'entêtement que les hommes mettent à se murer, je connaissais ces bunkers faits d'épaules enroulées sur elles-mêmes, le malheur qui frappe ces ours quand ils se braquent. Les heures de fâcheries que cette femme pourrait bien endurer par ma faute.

Je voulais lui éviter de passer une soirée féroce.

Aussi m'empressai-je de dire :

« Ça ne va pas à tout le monde. Je ne vous vois pas du tout avec des cheveux blancs, en fait. »

Elle comprit que je lui tendais une perche. Nous espérions maintenant toutes les deux que, lui, ne soit pas si perspicace. Qu'il n'aille pas soupçonner un supplément d'entente entre nous.

« Ah oui, ça ne m'irait pas. Et puis j'en ai si peu…

— On voit bien que vous n'avez pas une nature à avoir des cheveux blancs.

— Ma mère n'en avait pas, même à sa mort.

— Ça vient de là. Et vous êtes jeune encore. »

Elle n'était pas si loin de mon âge, nous le savions.

Le dos de l'homme, imperceptiblement, se décontractait.

Ils étaient arrivés.

L'année précédant mon éviction, dans le magazine féminin pour lequel j'avais travaillé, la directrice de la rédaction m'avait nommée à ses côtés, comme adjointe.

Ma mission était, avec elle, de moderniser le journal.

Nous avions recruté un directeur artistique, un jeune homme alternatif, que je ne vis jamais autrement que vêtu d'un court short de cuir, d'un sweat et d'une paire de godillots.

Avec ce garçon, nous tâchions d'imaginer le journal de demain. Et nous nous y attelâmes nuit et jour. Ce fut au point que l'idée nous traversa de nous marier, lui et moi, alors qu'il était gay. L'intrépidité, en venant dans notre esprit, dans nos doigts, investissait bientôt totalement nos deux corps. Je lui disais sans cesse qu'il était beau, il me répondait que je l'étais tout autant que lui. J'objectais que j'avais cinquante ans, et lui que c'était une qualité supplémentaire.

Un jour, j'avouai :

« Je me teins les cheveux. En dessous, c'est blanc. »

À quoi il rétorqua :

« Blanc ? Quelle chance ! J'adorerais avoir les cheveux blancs ! »

La créativité, ce sont des ailes qu'on s'autorise. Et Dieu que ce garçon m'apprenait à voler.

La directrice de la rédaction adorait notre projet, tant et si bien qu'un matin, elle le jugea abouti. On le présenta aux huiles du groupe, avec elle.

Ils entrèrent dans le bureau, on leur montra nos maquettes.

Ils ne furent guère convaincus.

Ils trouvaient que nous n'avions pas accouché d'un projet assez féminin. Ils trouvaient que notre vision était trop expérimentale. Louchaient vers le jeune homme en godillots, comme s'il était une partie de l'explication, une raison de notre échec. Avant de nous quitter, ils proposèrent de fabriquer un boudoir où une femme pourrait se faire belle pour son homme.

Eux sortis, le jeune homme et moi regardâmes la directrice de la rédaction, un peu interdits.

Elle se caressait le menton en scrutant nos propositions, punaisées sur le mur. Je finis par demander :

« On fait quoi, alors ? »

Et elle :

« On continue. Le changement fait toujours peur. Je comprends leurs appréhensions. Mais on finira par les convaincre. Tout ce que vous devez faire, rester libres dans votre tête. »

Galvanisée, je m'écriai :

« Je me sens tellement libre que je pourrais arrêter de me teindre les cheveux ! »

Elle cautionnait le moindre de nos délires. Pourtant à celui-ci, elle opposa une phrase lapidaire, qui était une supplique :

« Ah, pitié, ne me fais pas ça. »

Que je n'aille pas en rajouter, déjà qu'on avait mauvaise presse.

Fin juillet.

Trois gamines dans le métro. Moins de quatorze ans. Juste devant moi, debout, à rire d'un rien, la main devant la bouche, masquant mal leurs canines si neuves, si belles. Une affiche à la station Hôtel-de-Ville les amusait. Le métro qui redémarre les amusait. Mes cheveux les amusaient. Elles se payaient ma tête. Oh, ce n'était pas bien méchant. Je leur avais adressé un tel signe de connivence qu'elles n'osaient plus tourner la tête vers moi. Étaient passées à autre chose ou faisaient mine de. Elles parlaient très fort, pourtant on ne savait pas de quoi. Une complicité bruyante et occulte les reliait, et j'avais l'impression de les aimer, d'être elles encore, tout à fait. Je les détaillais sciemment, fascinée. Elles rougissaient d'être à ce point observées. Il aurait fallu que je sois plus discrète, j'en étais incapable. Ce neuf de leurs babines, je ne pouvais le quitter des yeux. Et quand je me forçais à le faire, c'était pour poser mon regard non loin, et toujours sur elles : au front, là où les cheveux commençaient, pas la moindre fibre dépigmentée. Aucun automne sur elles, rien que de la sève. Ce truc non abîmé de la jeunesse. Ce truc que je n'avais plus.

Bah, c'est la vie.

Il me sembla que je n'étais pas si mal lotie. Sans être jeune, j'avais un projet. Ce blanc m'apportait un tel changement.

Pour moi aussi, comme pour ces jeunes filles, une grande nouveauté était à venir.

Début août.

Vacances à Hydra, Grèce.

J'étais là-bas avec des amis. La journée, chacun allait où il voulait, encore qu'il n'y ait pas tant de choix sur la petite île sans voiture, sans route, et pauvre en plages. Matin et soir, on avait notre point de ralliement dans un café du port, Le Pirate. Où l'on restait des heures.

Ce matin-là, on commençait la journée par une tablée ouverte. Chacun, en passant, venait chez nous piocher des tranches de pastèque.

On la vit venir de loin.

« C'qu'elle est belle ! »

Une soixantaine d'années. Une prestance et des yeux pâles de Viking. Nordique. Ses cheveux n'étaient plus blonds. Elle les portait longs et nattés, couleur de lait, avec une touche d'ambre dedans.

On crut qu'elle allait elle aussi attraper une tranche de pastèque, tant elle passa près de nous.

Elle s'installa à la table voisine.

À ce qu'on racontait, c'était elle la Marianne de Leonard Cohen. Celle de « *I'd like to try to read your palms…* ». Je voudrais essayer de lire dans les lignes de ta main. Leonard Cohen avait vécu à Hydra, il y possédait une maison. Marianne et Leonard Cohen s'y étaient rencontrés dans les années soixante.

Une fois, l'un de nous avait lancé gaiement à la femme un « Hello Marianne ! ».

Pour voir si c'était vrai.

Elle avait répondu par une moue malicieuse, évasive.

Donc, ce jour-là, cette femme était là, et on recommença à se demander si elle était celle qu'on croyait.

La serveuse régla la question :

« Elle ne s'appelle pas du tout Marianne. C'est une Allemande qui vit ici à l'année. »

On était déçus.

La serveuse partie, l'un de nous proposa :

« Vivons-la quand même comme une muse, cette Allemande. Les muses de poètes ont les cheveux blancs. »

En première offrande, on lui tendit notre assiette de pastèque. Elle accepta notre cadeau. Et plus tard, quand on lui parla vraiment, révéla que sa chevelure étonnante attirait comme ça les offrandes.

Les bains de mer de cet été-là, en Grèce.

Pendant trop d'années j'étais allée me baigner, terrifiée à l'idée que, ma tête sortant de l'eau, on ne remarque plus que l'infamie de mes racines quand elles réapparaissaient. Le produit dont j'ai déjà parlé, celui pour masquer la repousse entre deux teintures, se dissolvait dans l'eau de mer. Chaque baignade était humiliante : vous nagiez, votre front fendait l'eau fraîche, une fois, deux fois. Et le front émergeait, rincé de ses mystifications. Le dérisoire exploit que vous aviez accompli, de vous barbouiller le cuir chevelu, semblait d'autant plus pathétique. Ce que l'instant auparavant vous aviez si bien camouflé se vengeait. C'était l'aveu involontaire et constant d'une impuissance, pile dans le karma des vacances.

Je m'en souviens, ça me désespérait. Ça me gâchait vraiment le plaisir. C'est vrai, bon sang, où était-elle, la joie enfantine des cabrioles aquatiques, si la première chose que vous donniez à voir en remontant à la surface était une raie au milieu qui trahissait et votre âge et vos tricheries ?

Comment avais-je pu supporter de telles humiliations ?

Tandis qu'à présent, eh bien, qu'elle sorte de l'eau, cette tête vraiment nue et acceptée. Je l'aimais.

Un ami, qui nageait avec moi toujours avec un masque, fit cette blague comme quoi, voyant ces reflets nacrés de mes cheveux quand je mettais la tête sous l'eau, il avait l'envie d'approcher sa main pour toucher, au moins une fois dans sa vie, une créature aquatique.

Fin août. Retour de vacances.

J'arrivais chez Delphine.

« C'est moi ! »

J'avais cette mine euphorique. Elle me tomba dans les bras, m'écarta presque aussitôt pour me jauger mieux. Posa ses yeux sur ma crête blanche. Des yeux, oh, Seigneur, admiratifs !

Et d'un air d'évidence :

« On laisse comme ça, non ?

— Je crois. »

Comme je me sentais forte, alors, avec le salon de coiffure entier qui s'était tourné vers moi.

« Je vais juste couper les pointes. »

Je m'assis, observée de toutes.

Une femme osa :

« Vraiment, je vous admire. J'aimerais faire comme vous, mais j'assume pas.

— Assumer quoi ?

— Le regard des autres.

— Que pourraient-ils penser, les autres, de si effrayant ?

— Que nous ne sommes plus dans la course.

— Ah, si ce n'est que ça… ma pauvre, je déteste courir !

— Vous voyez bien ce que je veux dire : c'est un aveu de vieillissement.

— Y a aucune honte à vieillir.

— Si. Un peu quand même, allons. Quand on n'ose plus se mettre en maillot, par exemple.

— Quand on n'ose plus se mettre en maillot, ah, ça oui, c'est terrible. Et je ne vois qu'une solution. »

Elle fit pivoter son fauteuil :

« Ah bon ? Laquelle ?

— Ne pas mettre de maillot…

— Ah, vous voyez !

— … et se baigner nue. »

Interloquée, elle était. Et n'était pas la seule. Sur le siège à côté de moi, il y en avait une autre, qui venait du Brésil, une riche cliente. Dans les quarante-cinq ans, encore que l'âge soit devenu si difficile à deviner, à notre époque. Elle m'observait dans le miroir. Haussait les sourcils, vague quant-à-soi. Bon, sourcils haussés par la médecine, fixés là sur son visage. Je ne dis pas cela méchamment. Sans avoir jamais désiré pour moi les rajeunissements artificiels, je ne les jugeais pas chez autrui.

Elle aussi y alla de sa question :

« Et avec les hommes, comment faites-vous ? »

C'était typique d'une telle femme de poser cette question.

« Je n'y pense pas trop, en ce moment.

— Ah ! Vous voyez ! »

Elle s'adressait à moi autant qu'aux autres.

« Oui, c'est trop tôt…, ajoutai-je.

— Comment ça, trop tôt ? Pardonnez-moi d'être indiscrète, mais quel âge avez-vous ?

— Je ne parlais pas de l'âge.

— Mais de quoi, alors ?!

— J'attends que ce soit tout blanc. Parce que là, j'avoue, ce sera peut-être trop bizarre pour qu'un homme trouve ça beau.

— Pardon ?

— Quand ce sera tout blanc, ce sera plus facile. Ce sera lumineux. »

Les bras lui en tombaient. Elle secoua la tête et ferma les yeux. Elle en avait assez entendu, assez vu.

Quand elle me regarda à nouveau, ce fut pour dire :

« Vous êtes bien courageuse. »

Ne l'était-elle pas, elle, de passer sur le billard par angoisse de ne plus être désirable ? de vivre condamnée à pire que l'immortalité, à une fausse jeunesse éternelle ? Je parvenais à la trouver émouvante, quiconque se débat l'est. Ces femmes qui font reposer leur destin sur le goût des hommes, je les aimais parce que je n'étais pas comme elles et, parfois, je les enviais. Quand aurais-je fini, moi, de ne m'adresser, chez les hommes, qu'à une part de féminité, un exquis besoin de compréhension, d'écoute, de caresses ? Quand comprendrais-je qu'il y a là une lutte à mort entre deux sexes, et que cette lutte est le désir ? J'aurais eu tant de choses à lui demander, à cette femme, sur le mensonge qu'elle faisait sans cesse au sexe opposé.

Dans un dernier effort pour la mettre de mon côté, je la questionnai :

« Nous faisons l'amour avec des hommes aux cheveux blancs, nous faisons même l'amour avec des hommes sans plus aucun cheveu, et cela ne nous arrête pas… pourquoi les hommes ne seraient-ils pas touchés, eux aussi, par cette nacre sur nos têtes ? »

Elle me considéra de ses yeux las : j'étais quelqu'un pour qui elle ne pouvait plus rien.

« Ma chère, je ne doute pas que vous trouviez un homme de la sorte. Pas *arrêté*, comme vous dites. J'espère juste que vous êtes très riche… car il va falloir inventer un moyen de le retenir, votre énergumène. »

C'était d'un cynisme, proféré avec la douce apesanteur de l'accent brésilien.

Dans un dîner. Boulevard du Montparnasse.

« Je trouve que, pour une femme, c'est un terrible renoncement. »

Il était chauve, celui-ci. Par-dessus le marché, tondu pour ôter ce qui, sinon, aurait été misérable. Avec la trace encore des golfes pas si anciens sur son front plissé par la contrariété : il voulait en découdre avec moi. Il fixait mes racines, je fixais son crâne. Je venais de découvrir, sur internet, l'existence des « lignes de Nazca », au Pérou. Elles sont seulement visibles par avion. Au sol, on ne voit que des champs d'herbe à perte de vue. Mais vues du ciel, les formes se dessinent. Des excursions permettent, et ça m'avait tentée, dans des petits avions de six places, de survoler ce désert dru et vert, et soudain des animaux géants apparaissent, des colibris de soixante mètres, des singes de quatre-vingts mètres, des dessins de divinités datant de 800 à 300 avant J.-C., enfin c'est ce que j'avais lu.

Bon, eh bien il avait ça sur la tête. Un patrimoine mondial. De l'Unesco. J'aurais été gentille, je le lui aurais dit.

Il m'agaçait. Je lui lançai, plutôt :

« Et vous, à quoi avez-vous renoncé en perdant vos cheveux ? »

Je crus qu'il allait me mettre une claque.

« À rien. Ouais, ça me fait chier de ne plus avoir un poil sur le caillou, et après ? Rasé ou pas, je reste un homme aux yeux des femmes.

— J'en suis certaine.

— J'ai même beaucoup de succès.

— Je n'en doute pas.

— J'ai rien lâché.

— C'est évident.

— Les femmes, ça les excite. C'est viril, en fait.

— Eh oui.

— Vous, ne me dites pas qu'on vous branche dans la rue, là, en bicolore comme je vous vois, je ne vous croirais pas.

— C'est pas encore complètement bicolore. Y a très peu de blanc.

— C'est qu'une question de mois, si vous persistez.

— Je persisterai. Je vais être un zèbre pendant quelque temps. Avant la consécration.

— La consécration ? »

Il disait cela d'un ton offusqué, comme un homme politique souligne une aberration manifeste dans le discours d'un adversaire.

« Oui, vous avez bien entendu, j'ai employé ce mot.

— À votre aise. »

Lui dire que je confondais les chauves, tant ils se ressemblaient ? lui dire, que, les confondant, ça ne m'empêchait pas de les aimer, de ne jamais les déprécier ? lui dire que son absence de cheveux et mes cheveux blancs étaient le fruit d'un même processus ?

lui dire que non, ce n'était pas complètement comparable ? lui dire qu'il était sans doute pire de perdre des choses plutôt que d'en voir apparaître de nouvelles ? lui dire que son manque d'indulgence était une cruauté qu'il s'infligeait en premier à lui-même ? lui dire que la jeunesse d'aucune femme ne pourrait lui rendre ses flammèches d'hier ?

Ou ne rien lui dire du tout, et poursuivre mon chemin ?

Septembre.

Avenue de l'Opéra. Au restaurant avec mon amie Ines.

Nous étions là dans ce café, venues par amour. Nous ne nous étions plus revues depuis le jour, trois mois auparavant, où j'avais posté sur Instagram cette photo de moi pour annoncer l'arrêt des teintures. Ce jour où elle avait formulé son désaccord.

Là, on parlait de tout et de rien. De temps à autre, elle ne pouvait s'empêcher de jeter un regard furtif, d'une extraordinaire perspicacité cependant, à ma chevelure.

Elle avait déclaré quelque part, ces temps-ci, qu'il y avait comme une politesse à se teindre les cheveux, quand on les avait blancs. Savoir se tenir. Mon amie savait se tenir.

« Je sais que tu désapprouves, Ines. »

Nous ne pouvions ignorer ce dont il était question.

La perche tendue, elle ne la prit pas. Elle se contenta de me fixer, perplexe.

« Je sais que tu me donnes tort, Ines, et que tu me prends pour une folle. Mais regarde, ce grain de folie, tu l'as toujours aimé en moi. Et je n'ai qu'une chose à te dire : fais-moi confiance… »

Elle continuait de se taire. Son regard s'en allait là-bas vers la rue au-dehors, Je connaissais cette mélancolie de mon amie. L'amour de sa vie était mort quelques années auparavant. Le Grand Vivant si fantasque qui m'avait dit un jour : « Toi, je t'aime tendrement, infiniment, car tu es en danger. Tu crois trop en tout. »

Quand le fantôme du passé eut terminé sa visite, désertant nos esprits et la rue, tristement, si tristement, mon amie murmura :

« C'est vrai qu'après tout, les cheveux, ça repousse. »

Comparés à des choses qui, hélas, plus jamais ne changeraient.

Beaucoup

Octobre.

Quatre mois sans teinture. Sur ma tête, les centimètres incongrus ne pouvaient passer ni inaperçus, ni pour de la négligence. En me croisant, les gens ne se cachaient pas pour examiner ce que moi-même je ne cherchais pas à dissimuler. J'avais acheté un bonnet, deux casquettes, une toque de cosaque pour l'entrée de l'hiver. Je ne les portais pas. Quelque chose me poussait à être sans réserve une bête curieuse.

Je crois que je jubilais. L'originalité est un jardin des délices. L'insolite n'est pas si courant dans la vie, sinon on devrait bien vite lui trouver un autre nom.

Oui, j'étais fière.

Déroutés, les regards filaient vers mes racines. Puis, aussi soudainement, sautaient de mes cheveux à mes habits, comme si un indice se situait là, dans un « laisser-aller » global que j'aurais pu avoir. Et qui aurait pu expliquer. Mais si on observait ma mise, comme on dit, on tombait sur mes vêtements bien repassés, sur une coquetterie. Je n'avais renoncé à rien d'autre qu'aux teintures. Dieu que cela semble banal et dérisoire, écrit ainsi. Pas de quoi en faire une histoire.

Et pourtant. Le petit changement posait de vastes questions. Qui était-elle, celle-ci, qui osait montrer ce qu'on cache ?

L'étonnement contrit de certains, qui se demandaient si je n'avais pas une maladie, d'un genre où les teintures seraient contre-indiquées.

Je souriais à tous. Je répondais par la douceur. Oui, c'était « fait exprès », c'est cela que ça voulait dire. Ma béatitude les rassurait. Ils me rendaient mon sourire. Si on échangeait quelques mots (cela arrivait souvent), ils demandaient vite pourquoi je ne coupais pas court, comme font la plupart des femmes en période de transition, pour « en finir ». Je répondais : « J'écris un livre. » Énorme attrait de cette justification. Elle n'était pas l'entière vérité, au demeurant.

Dans l'ensemble, si je prenais le temps de fournir quelques explications, les gens en arrivaient à dire que l'idée était formidable.

Marcher ainsi, racines apparentes, une certaine allégresse au visage, devint pour moi une habitude.

Ce qu'on avoue libère. C'est ainsi que j'étais, hardie, plus zèbre que jamais. On m'avait assurée que la teinture dégorgerait d'elle-même, que la démarcation irait en s'atténuant : il n'en était rien. Le blanc et le noir s'entrechoquaient, dans une netteté violente.

Un enfant qu'on me présenta, un jour, recula dans les jambes de sa mère, dans la rue, à la fois effrayé, et pourtant faisant couler une bave réjouie dans les trois doigts que, par instinct, il avait à l'instant enfouis dans sa bouche.

Je ne me trompai pas sur son exaltation :

« Tu crois que je suis Cruella ? » lui dis-je.

Il hocha la tête.

« Tu pourrais être le premier petit garçon au monde à ne pas avoir peur de Cruella… »

Il aima l'idée.

« Je peux la pulvériser. Pschuit ! » annonça-t-il.

Ses petits doigts humides sortirent de sa bouche pour montrer, dans l'air, comme ça ferait, cette atomisation.

« Oui, mais elle irait où ? Qu'est-ce qui prouverait qu'on l'a eue ? Et si elle se reconstituait ailleurs, autrement ? »

Il y songea. Il hésitait. C'est vrai, les monstres sont difficiles à tuer, on voit bien que, sans cesse vaincus, abattus, ils s'en sortent toujours.

« Et si tu la rendais gentille, si tu la faisais fondre de tendresse, à la place ?

— On peut ? demanda-t-il.

— Je suis bien placée pour le savoir. Tu veux que je t'explique la procédure ? »

« Procédure », il ne connaissait pas le mot, dont la complication l'enchanta.

Hocha une nouvelle fois la tête.

Et moi :

« Alors il faut que tu croises les bras, comme ça. »

Je lui montrai le geste.

« Tes bras bien haut, comme ça. À la hauteur du menton. Il faut que tu poses ton menton sur tes poignets. Les jambes écartées. Bien campées. Tu sais ce que ça veut dire, ce mot. Campé comme au camping. Planté comme une tente. Et après, attention, tu dois me dire l'Incantation Magique. »

Mais je ne la lui dis pas. Car les enfants adorent le suspense.

Et lui, n'y tenant plus :

« Je la sais pas !

— Je vais te l'apprendre. C'est : "Cruella, je t'aime bien quand même."

— Ça sert à quoi ?

— Ça va lui en boucher un coin, vu la tête qu'elle a. »

Il n'y réfléchit pas trop longtemps. Les enfants savent reconnaître les bonnes idées. Il se mit à découvert, loin des jambes de sa mère, emboîta ses bras si hauts qu'ils lui venaient devant les sourcils, les baissa par degré, prudemment, jusqu'à la bonne position, posa son menton à l'endroit où ses poignets croisés formaient un *X* ésotérique. Ses microscopiques coudes pointaient vers moi, des armes médiévales.

« Cruella, je t'aime bien quand même… »

Ça me plongea dans une douceur incommensurable. Et ce tout petit enfant remarqua ma métamorphose.

« Tu pleures ? fit-il.

— C'est de bonheur. »

— Je t'ai rendue gentille ?

— Oh que oui. »

Il en fut si satisfait qu'il ajouta :

« Et tu es belle. Quand même.

— Quand même ?

— Malgré qu'tu r'sembles à un raton laveur. »

Salon de Delphine Courteille.

« C'est moi ! »

Je m'assis comme à l'habitude. Elle fourragea aussitôt dans ma chevelure. Sa manière experte, en séparant des mèches avec les doigts, fit apparaître des coulées de nacre sur ma tête.

« C'est fantastiquement beau ! » elle s'écria.

Maintenant qu'elle me le montrait, je voyais qu'en effet, sur ces fameux quatre centimètres qui avaient poussé, la tête était métamorphosée, rayonnante.

« Je me découvre.

— Eh oui, c'est bien le mot, en plus, fit-elle remarquer. Tu te mets à nu. »

Elle avait raison. Ces petites pousses, fulgurantes, me sortaient en brassées de vérité. Elles avaient une innocence. La plupart du temps, ce que nous planquons est notre point ultime de tendresse.

Comme c'est idiot.

Les doigts de Delphine cessant de mettre au jour mes racines, je fus à nouveau ensevelie sous le sombre charbonneux de la teinture ancienne. Seul l'endroit où je me faisais la raie explosait dans la lumière. Mais ce n'était rien, à côté de ce que je venais de voir. De mes possibles.

« C'est ce fichu marron qui nous empêche de voir à quel point ça a déjà beaucoup évolué.

— Ça va venir vite, Sophie. Patience.

— Va falloir attendre encore des mois, murmurai-je, brusquement découragée.

— Oui… ou… ou pas. »

Je reconnaissais maintenant ces moments où elle fomentait une idée. Elle voyait vraiment les cheveux comme une matière, ce n'était pas par affectation que, parfois, attrapant ses ciseaux, elle parlait de « sculpter dans la masse ».

Ses doigts replongèrent vers mon blanc, qu'elle faisait une nouvelle fois ressortir d'un mouvement du pouce. Dès qu'elle caressait une mèche, elle entrait en communication avec elle. À quoi pensait-elle ? Elle avait la mine réjouie de quelqu'un qui a déjà trouvé une solution.

« Qu'est-ce que tu mijotes ?

— J'ai une idée.

— Ben oui, je vois ça.

— Tu me laisses essayer ?

— Euh, ça dépend. Ton idée, c'est une solution… chimique ? Tu veux bleacher ?

— Non, non, pas du tout. J'ai juste une idée pour faire ressortir ce blanc.

— Je veux pas couper.

— Ne t'inquiète pas. Je n'ai même pas besoin des ciseaux. Regarde, ils sont là, je vais pas y toucher. Tu me fais confiance ? »

Elle me demanda de fermer les yeux. J'étais bien la seule à ne rien voir dans ce salon de coiffure ; peu ou prou, chacun avait suspendu ou ralenti ses activités et observait la scène.

Elle me sépara les cheveux en diverses raies, rapprochées les unes des autres. Avec la pointe du peigne, elle partait de mon front et traçait une ligne bien droite jusqu'à ma nuque. La ligne établie, elle roulottait la mèche et la fixait avec un élastique. Elle répéta l'opération dix, vingt fois. J'avais presque froid, là-haut, avec ce cuir chevelu à découvert.

Quand elle eut terminé, qu'elle eut bien serré maints petits élastiques de part et d'autre, elle posa ses douces mains sur mes épaules :

« C'est bon. J'ai terminé. »

J'ouvris les yeux.

« Voilà, un avant-goût, Sophie ! »

Ce que je vis, Seigneur : une tête toute claire ! En entortillant les racines, elle avait envoyé se faire voir ailleurs, en l'occurrence vers l'arrière du crâne, ce qu'il me restait de teinture sombre.

Et de voir ce blanc mis à nu, de voir que c'était là, prêt à devenir complètement ma personne, cela m'électrisa.

« Oh, je vais renaître !

— On dirait bien. »

On se mit dans la cour du salon, elle me prit en photo.

Post Instagram. 17 octobre.

Mon visage, de profil, visage renversé en arrière. La photo prise par Delphine l'instant auparavant.

J'avais écrit :

« Prendre l'*hair* le week-end. »

Je n'osais que l'humour, mon trouble était grand.

Parmi les commentaires :

« Que c'est beau, de faire soi ! »

« Ça commence à avoir sacrément de la gueule. »

« Je vous admire beaucoup. »

« On dirait une gamine ! »

« Ça valait la peine d'être patiente. »

« C'est joli, aérien, on a envie qu'ils deviennent vite tous blancs, comme blanc d'hiver. »

« Rouleaux de liberté. »

« On dirait que tu vas voler. »

« J'ai hâte d'avoir les cheveux gris. »

« Oh non !!! »

Fin octobre. Avenue de l'Opéra.

Ils devaient avoir dans les soixante-quinze ans. Je les voyais arriver de loin. Lui dont j'avais remarqué la beauté, quelque chose de ces grands acteurs hollywoodiens des années cinquante. Haut et droit, les mains dans les poches. Elle, elle avait cette douceur des femmes aimées. Ils venaient vers moi, et moi j'allais vers eux.

On s'arrêta ensemble, assez gauches, avec l'intuition qu'il n'y avait plus que ça à faire. Il était en retrait, un pas derrière elle, et elle penchée vers moi, au contraire.

« Je suis navrée de vous assaillir de cette manière. Mais, voyez-vous, c'est mon compagnon qui m'a conseillé… »

De manière imperceptible, il s'approcha. Leurs épaules se touchaient. Oh oui, ils s'aimaient.

« Nous vous avons remarquée de loin.

— Oui, moi aussi.

— Si on n'est plus tout jeunes, on a encore une très bonne vue ! »

Et puis :

« Ce sont vos cheveux, vous comprenez. Nous avons souvent cette discussion, avec mon compagnon. À propos des cheveux blancs. Il pense que ça m'irait bien, moi, l'idée me séduit, oui, mais ça m'effraie. Il jure que ça m'éclaircirait le visage.

— Que ça te l'éclaircirait encore plus, précisa-t-il, dans un murmure affectueux.

— Il croit que la nature est bien faite et qu'elle nous apporte de la lumière quand on en a besoin. Alors quand on vous a vue, là, dans la rue, pardon, l'occasion était trop bonne ; il a insisté pour que je vous demande… C'est que je vous envie tellement… »

C'est plutôt moi qu'elle faisait rêver, elle aimée d'un homme.

« Me demander quoi, au fait ?! »

Elle se tourna vers lui. Comme si, au bout du compte, elle n'en savait pas davantage.

Il la contempla d'un air entendu, les mains dans les poches. Cette conversation, en effet, ils l'avaient déjà eue, tant de fois, il ne voyait rien à ajouter.

« J'ai si peur d'être méconnaissable, avec les cheveux blancs. Vous comprenez, lui il m'a toujours connue brune. C'est peut-être une brune qu'il aime ? »

Allez, elle ne doutait pas tant que ça. Il y avait cette dose de bonté et de vitalité, dans le visage de cette femme, cela aidait à deviner bien des choses qui pouvaient l'unir à ce bel homme. Je pensais : « Oh, ça, ce n'est pas un premier mariage… Ça, c'est le lien de gens qui ne veulent plus se tromper. »

« Qu'est-ce que je peux faire pour vous ?

— Me dire comment vous vous y prendriez à ma place.

— Si j'étais vous, madame, j'aimerais cet homme.

— C'est un conseil facile à suivre ! Mais je parlais des cheveux…

— Moi aussi, en quelque sorte. Voulez-vous un conseil encore plus explicite ?

— Oh oui.

— Osez la lumière. De toute manière vous vivez dedans, non ? »

Elle se tourna jusqu'à appuyer sa joue sur le torse de l'homme.

Il l'enlaça.

« Tu vois, je t'avais dit. »

26 octobre.

En rangeant des photos sur mon ordinateur, j'en retrouve quelques-unes prises il y a deux ans de ça, en Uruguay.

Sur le chemin qui menait à la plage, de part et d'autre, on avait ces maisons d'architecte des années cinquante. Les formes si simples. Le modernisme. Sur presque toutes mes photos, pas âme qui vive. Même pas de voitures sous l'auvent des parkings.

C'était à l'occasion d'un mariage, on avait loué une bâtisse construite par Luis Barragan. Le marié était architecte, on parlait de maisons pendant des heures.

Sans doute qu'en faisant le tri dans les photos, les autres fois, je n'avais pu me résoudre à virer ces maisons merveilleuses. Aujourd'hui, j'allais pour les sélectionner une à une et les supprimer, quand je vis que, au milieu d'elles, au milieu de tout ce minéral, il y avait un être humain.

C'était une série de trente photos, prises en rafale, apparemment, à la plage : une femme âgée, très âgée, installée sur une chaise pliante. Un parasol à proximité.

Elle n'était pas dessous, toutefois, bien au contraire le visage buriné offert au soleil dangereux de l'Uruguay.

Pourquoi avais-je photographié cette femme ? Et tant de fois, encore ! Qu'est-ce qui m'était passé par l'esprit ? Les photos semblaient prises de loin, elles avaient du grain. Elle ne faisait pas partie de notre bande. Elle n'avait été l'objet d'aucune conversation entre nous, j'en étais sûre.

J'effaçai les images une à une. Arrivée à la dernière, je vis qu'elle différait légèrement. Sur celle-ci, la femme ne portait pas de chapeau.

Alors, ça me revint.

J'étais sur cette plage, avec mon groupe. Et elle était bien plus loin. La plage était immense et on pouvait s'y espacer autant qu'on le désirait. Quelqu'un venait de me dire que la mer était mauvaise, et qu'il ne fallait pas y aller. Même l'eau à mi-mollet on pouvait être fauché et tomber et être emporté et assommé. Sauf que cette femme, elle, si âgée, si frêle, elle en revenait justement, sans sembler s'être souciée le moins du monde d'un quelconque danger. Elle n'avait pas mouillé sa tête. Une crinière blanche volait au vent jusqu'à vingt centimètres autour d'elle. C'était beau, ces cheveux. Ces cheveux, son âge, rendaient la femme encore plus belle. Et j'avais pris mon téléphone pour la prendre en photo. Le temps que je le trouve, rangé au fond de mon sac à l'abri du sable et du vent, la femme avait mis un chapeau. Alors j'avais espéré, le doigt sur l'appareil, que ce bob elle le retire. Avec ce vent, elle ne pourrait le garder bien longtemps. D'ailleurs, elle avait fini par le retirer. Elle n'en pouvait plus de le tenir en place.

Oui, j'avais attendu que réapparaissent les cheveux blancs.

3 novembre. Paris. File d'attente à la boulangerie.

Un homme, devant moi. Mon âge.

Je l'intéressais.

« Êtes-vous en train de faire ce que je crois que vous êtes en train de faire ? »

Il fixait le sommet de mon crâne.

Et moi, d'un ton blagueur :

« Si nous parlons de la même chose, oui… »

Il s'était remis de dos.

Moi aussi je trouvais que nous pouvions en rester là. La vie m'avait appris que tant de choses restent en suspens, et quel repos de les y laisser !

Pourtant, il prit une sorte d'élan, se tourna de nouveau vers moi :

« Dites-moi, vous ne voudriez pas venir chez moi et expliquer à ma femme qu'elle serait sublime avec les cheveux blancs ?

— Cette femme, la vôtre, a-t-elle les cheveux aussi blancs que les miens ?

— Oui. Mais elle se fait toutes ces teintures, voyez…

— Et, votre femme, aurait-elle envie d'avoir les cheveux naturels ?

— Non. Pas du tout.

— Si elle n'en a pas envie, ça va être difficile. »

Il soupira :

« Pour être franc avec vous, j'aimerais bien qu'elle ait envie de tout, et de ça aussi… »

4 novembre.

Il en va parfois des êtres humains comme des mots nouveaux : à peine les sait-on qu'on les identifie partout. Dès le lendemain, dans le quartier, je retombai sur l'homme de la boulangerie. Une de ses deux épaules tombait dramatiquement, du fait de ses sacs bourrés de provisions.

Il désigna la terrasse du café, devant nous. Elle était déserte.

« Je vous offre un verre ?

— Il fait froid.

— Vous vous mettrez sous les chaufferettes. »

On s'installa face à la rue.

« Vous habitez le quartier, Magali ?

— Pourquoi m'appelez-vous Magali ?

— Chais pas. L'intuition !

— Je ne m'appelle pas Magali.

— Ah oui, mais ça… tout le monde peut se tromper ! »

Le serveur se matérialisa devant nous.

« Un café, demandai-je.

— Ah non ! On va pas se prendre un café ! C'est sinistre ? On pourrait quand même fêter ça, non ?!

— Fêter quoi, Sam ?

— Ça par exemple ! Comment savez-vous que je m'appelle Sam ? »

— Vous vous appelez Sam ?

— Non. »

Ce qu'il avait, c'est qu'il était drôle.

Le serveur s'impatientait.

« Nous allons prendre une bouteille de rosé, décréta mon inconnu.

— Est-ce bien raisonnable ? » lui dis-je.

Et lui :

« Je bois pour oublier.

— Que votre femme a peur de vieillir ?

— Vous ne croyez pas si bien dire. »

Il l'avait rencontrée, il avait trente-huit ans. Elle, vingt-deux. Il enseignait les mathématiques dans une classe préparatoire aux grandes écoles. Elle était tombée amoureuse de lui. Non qu'il eût jamais été un apollon. Juste, il était le professeur, et elle l'élève. En ce temps où il donnait des cours, il se reconnaissait encore une sorte d'attractivité :

« Comme chacun sait, quand on se trouve du charme, on en a. »

Lui un solitaire, il s'était marié avec cette femme, étrangement ravi de s'engager, et de faire des choses aussi bêtes que les courses.

Cette femme, il l'aimait. Il avait vieilli plus vite qu'elle, du fait de leur différence d'âge. Quand il posait le pied par terre le matin, ça lui faisait mal dans le talon. Chaque fois, ça lui prenait vingt minutes de se dérouiller. Il avait du bide. Il avait cinquante-neuf ans. Bon, ce n'était pas encore la catastrophe. Pourtant, il se sentait décliner. Se sentait-il vieux « par rapport » à sa femme ? Il y avait réfléchi. Quelque chose clochait dans cette hypothèse.

« Le problème n'est pas que je vieillisse, c'est plutôt qu'elle s'y refuse, elle. »

Puis :

« Au fond, elle m'a abandonnée. »

Il me servit bientôt un troisième verre de rosé.

« Pourquoi les femmes veulent toujours rester comme à vingt ans ?

— Vous le savez très bien, pourquoi.

— Ah, vous n'allez pas me ressortir ce discours éculé sur ce que les hommes sont censés aimer ?!

— Non, je ne risque pas de dire ça.

— Vous n'allez pas me sortir les théories sur la procréation, sur la loi du marché ?

— Non, c'est des foutaises de dominants, ça.

— Vous êtes féministe ?

— Je suis seulement un peu libre.

— Un peu !

— Je sais, c'est énorme.

— Vos cheveux, c'est de la liberté pure.

— On verra.

— J'ai rien contre les féministes, notez. J'aimerais que ma femme le soit davantage, au lieu de se conformer à ce qu'elle croit être attirant… »

Puis, si triste :

« Oh, je déteste parler comme ça… je me fais penser à un vieux sociologue. À un vieux tout court.

— Vous avez une vie sexuelle, avec votre femme ?

— Évidemment que non. C'est pour ça, je voudrais que quelque chose change. Êtes-vous en couple, vous-même ?

— Non. J'essaie de m'ouvrir, justement.

— Je ne vous trouve pas très fermée.

— Eh bien ça, voyez, c'est le début du miracle.

— Le miracle de quoi ?

— Des cheveux blancs. »

New York. 10 novembre.

Le froid était venu tôt, cette année. Le vent glacé n'était arrêté par rien dans les avenues rectilignes. Il parvenait pourtant à tourner pour vous suivre, si vous preniez une rue perpendiculaire. J'étais venue à pied, l'hôtel était vraiment à deux cents mètres.

J'avais fait ce voyage pour interviewer un designer, dont je devais rédiger le portrait. Un des plus populaires du moment. Un des plus intuitifs et des plus commerçants. La moitié de mon âge. Assis sur un canapé, à côté de moi, au fond de la boutique immense de la Cinquième Avenue. Le magasin ouvrait ce soir. Lui n'était pas nerveux, il avait le vent en poupe : pas celui mauvais et gelé de dehors mais un autre, merveilleux, qui le protégeait des intempéries. Il était pieds nus dans des baskets évidées sur les côtés, il ne tomberait jamais malade. Il portait un tee-shirt, les tatouages lui sortaient du cou, une végétation.

« C'est du lierre », m'expliqua-t-il.

Était-il beau ? Était-il attirant ?

« J'aime vos cheveux », me glissa-t-il.

Il était attirant.

« Merci… je laisse pousser. C'est la transition, là.

— C'est déjà beau, comme ça.

— Disons que c'est étrange.

— Qu'est-ce qui empêche ce qui est étrange d'être beau ? »

Il était gay. Certains gays, ça leur donne une ouverture extraordinaire aux femmes. Il faisait partie de ceux-là.

Il avait redonné un lustre à cette marque pour laquelle il travaillait. Avant, elle se bornait à vendre des jeans, maintenant elle attrapait au vol une mutation de la société, la possibilité pour chacun de jouer avec le genre. Il était neuf et comme immunisé contre le vieux système du sexy et du pas sexy.

Il me dit :

« Le corps, quel qu'il soit, beau ou pas, tu vois bien que ça permet de se faire remarquer. C'est bien tout le débat depuis des siècles, non ? Et maintenant, plus que jamais. Mais ce qui me plaît tant dans le vêtement, c'est que tu choisis qui tu es. Tu n'es plus juste ton enveloppe de chair, tu es ce qui t'est cher, à toi. Tu comprends où je veux en venir ?

— Je crois.

— C'est comme toi avec tes cheveux. Tu dirais quoi de tes cheveux ? Qu'ils sont ta chair, assumée, ou ce que tu choisis d'être ? »

Oh, que sa question était bonne… On m'avait tellement rabâché que j'osais être enfin moi-même, je n'avais pas pensé que ce pût être autre chose, que ce pût être une création. L'anticonformisme de cet homme en lierre m'amenait à cet autre degré de compréhension.

« Je ne fais pas ça pour être naturelle.

— Je préfère. »

Il se cala dans sa partie du canapé. Il attendait, réjoui.

« Je ne le fais pas pour assumer mon âge. Je ne le fais pas par renoncement à une puissance que serait la jeunesse. »

Je commençai d'oser plonger dans son regard verdoyant, en lierre aussi. Il était connu, ce garçon, pour faire des castings sauvages. Au lieu de passer par les circuits traditionnels des agences de booking, il furetait des heures la nuit sur Instagram, à surfer de profil en profil, cherchant les plus atypiques aux quatre coins de la planète. Des modes de vie aussi. Des façons de s'habiller. Plus le goût du model était sûr, mieux il saurait s'approprier les vêtements. Il avait dit, un jour : « Je ne veux pas des porte-manteaux, je veux des porte-flambeaux. »

« Je le fais pour apparaître. »

Il posa sa main sur mon genou :

« Dans ce cas, crois-moi, c'est réussi. Tu vas crever l'écran ! »

J'eus l'impression qu'on m'ouvrait une porte jusque-là si absurdement fermée.

En sortant, sa chargée de relations publiques me demanda :

« C'est bon, tu as eu tout ce qu'il te fallait ?

— Oui.

— Tu as de quoi faire ton portrait ?

— Oui. Et le mien aussi ! »

Brooklyn. 11 novembre.

Aux Puces de Williamsburg avec des amis. Le soleil ricochait sur tout comme sur du givre. À quelques mètres de là, une coulée de nacre, et c'était l'East River.

Le groupe s'attardait dans un stand. L'un de nous avait trouvé un stock entier de bobs en seersucker. État neuf, précieux autant dire. Le vendeur, lui, en voulait cinquante dollars pièce. Or la vieille agrafe du prix avait rouillé, la rouille avait déteint sur le coton ; les amis marchandaient. C'était sans conviction, cependant. Les bobs en seersucker ne sont pas faciles à trouver. Le vendeur le savait. Nous le savions.

Les négociations s'éternisant, je m'étais avancée jusqu'à un autre stand. Il offrait l'avantage d'être abrité par des vastes panneaux de toile. En plus, un grand Viking, ici, faisait griller des marrons, en sifflotant un air fameux de Billy Joel, « The Stranger ».

Il était splendide, ce garçon, avec une chevelure ambrée de surfer, des yeux de huskie.

Il me donnait faim.

Il était peut-être vendeur de marrons ? D'une main gantée, rustique, il les retournait un à un, tandis que de l'autre main, nue et couverte de bagues, il faisait voltiger vers l'azur une cigarette. Aucune fumée ne s'en échappait.

« C'est une cigarette en chocolat, me dit-il. C'est plus joli qu'une cigarette électronique.

— Les bagues sont bien, aussi.

— Vous voulez un marron ? »

Il en brandissait un. Il le tenait à hauteur de ses yeux, un joaillier ne s'y serait pas pris autrement pour estimer une pierre précieuse.

« Je le fais refroidir », m'expliqua-t-il.

Il me l'offrit.

Le marron était succulent.

« On les fait venir du Wisconsin. »

Il m'en tendit un autre, et puis un autre. Non loin de nous, le prix des bobs en seersucker ne baissait pas, mes amis essayaient aussi des vestes de ski. La fermeture Éclair avait rouillé, cela aussi se révélait rare et cher.

« Qu'est-ce que vous vendez, vous ? demandai-je à mon nouvel ami.

— Des tentes de plage.

— En cette saison ?

— Il m'en reste. Et puis, l'été, c'est introuvable.

— Comment cela se fait-il qu'il en reste, si c'est si difficile à trouver ?

— Vaste question. »

Il ajouta :

« On les fait venir de Casamance…

— On ?

— Ma copine et moi. J'ai une copine. »

Ça sonnait comme un divorce entre lui et moi. Mais nous restions bons amis. Au reste, les marrons grillés m'avaient réchauffée, je retirai mon bonnet.

Mon étrangeté me dégoulina sur les épaules. J'étais le Zèbre. Mi-brune, mi-blanche.

« Eh, j'aime aussi vos cheveux ! » s'extasia le vendeur, une espèce de grimace conquérante aux lèvres.

Plaire à ce jeune homme me paraissait si peu probable, je me mis à rougir.

Il vit ma perplexité. Il retira son gant, il éplucha le dernier marron, le brandit ainsi qu'il avait fait avec les autres, et moi je fixais le marron, était-ce un tour de magie où quelque chose allait-il bientôt disparaître ? En effet, le marron se volatilisa, sauf que ce fut dans ma bouche où le dieu l'avait glissé, avec une délicatesse merveilleuse.

Pour être tout à fait clair, il précisa :

« J'aime vos cheveux. Je vous baiserais bien les cheveux. »

Au restaurant avec mes amis, quelques heures plus tard.

Je prétendais que je lui avais plu, à ce garçon.

Chacun y allait de sa théorie. Celui qui avait acheté les bobs, finalement plus chers que prévu parce que le vendeur, fouillant dans ses cartons, en avait trouvé d'encore plus vintage, encore plus rouillés, encore plus désirables, avait cru remarquer que mon ami aux marrons chauds n'était pas dans un état normal.

« Ça sentait l'herbe. »

Ce que j'avais pris pour une cigarette en chocolat n'en était pas une.

Un autre, qui avait acheté sans tergiverser une veste de ski des années 1960, dont le duvet commençait déjà de trouer le nylon d'époque, postulait qu'au bout du compte c'était possible, que j'aie plu à ce beau garçon :

« Tout est imaginable. »

Et, railleur :

« Même les hipsters peuvent être gérontophiles ! »

Et moi, sur un même ton de plaisanterie :

« Les personnes d'un certain âge ont un aspect rassurant et initiateur. »

Ça ne me dérangeait pas de tourner tout ça à la rigolade.

Mais un autre, lui qui avait acheté, et justement à mon dieu, la dernière tente de plage (à six cents dollars !), avança une hypothèse plus perfide :

« Il a dû saisir d'instinct que tu as les moyens. Les hipsters de Williamsburg sont loin d'être fortunés, ma belle. Tu pourrais entretenir un crevard.

— Ah ben, c'est charmant !

— C'est très Brooklyn, non ? La fille travaille *uptown*, pendant que les garçons font de la musique, des collages, et vendent des tentes de plage.

— Une femme d'âge mûr, célibataire, est un parfait pigeon. Surtout toi avec ta chevelure de nantie !

— C'est quoi, au juste, une chevelure de nantie ? »

Je le demandai avec un grand sourire, je voulais vraiment le mener au bout de son raisonnement.

« C'est quand on s'en fout que t'aies les cheveux blancs, parce que, en compensation, t'as du chèque's *appeal*… »

Avec deux doigts, il mima le geste de palper des billets.

Sans avoir jamais fait de judo, une chose que je savais de cet art : on peut utiliser la force de l'adversaire. Au lieu de m'offusquer, je m'exclamai :

« Tu m'ouvres des horizons ! »

Le soir, seule dans ma chambre d'hôtel, je pensai « Et pourquoi, après tout, ne pas plaire à un beau jeune homme ? »

J'avais eu ce moment de grâce à l'adolescence, où on s'intéresse aux élèves de sa propre classe. Jean-Michel Buffet, si précoce qu'il se marierait bien jeune et serait père à dix-sept ans, avait été le dernier garçon de mon âge à m'embrasser. Ensuite, ils avaient tous été plus vieux. De dix ans de plus, quand l'écart était faible. De vingt ans, quand je me surpassais. Est-ce que je cherchais un père dans ces hommes-là ?

Le mien, de père, avait grande foi en l'émancipation des femmes. Il était mort quand j'avais vingt-sept ans. Il avait soixante et onze ans. Il considérait les jeunes internes de l'hôpital, des bleus en réalité, comme beaucoup trop inexpérimentés pour le soigner, mais toutefois déjà trop vieux pour moi, sa fille. Sur son lit, il trouvait encore la force d'imaginer mon avenir : « Il te faudrait un beau gars, un sportif. Un type qui se lève sans effort… » Et, parce que la maladie lui déliait la parole et toutes les inhibitions : « Un type qui lèverait tout pour toi sans effort… »

Cette perspective me faisait peur. D'abord, que ce soit mon père qui la formule. Et, ensuite, je préférais depuis l'enfance gagner des faveurs. Par mes efforts. La méritocratie.

Oui, que me ferait-il, ce beau jeune homme ?

Je repensai aussi à ma mère.

Durant des années, je l'avais emmenée l'été sur la côte normande, à Trouville. En front de mer. Elle était très diminuée. Je lui avais acheté une chaise roulante, un petit bolide avec de gros pneus amusants ; on se battait elle et moi pour lui faire oublier, par des améliorations esthétiques, son autonomie défaillante.

Elle perdait la vitalité et la mémoire, pas l'esprit. Un jour où nous étions sur les planches, à Trouville, installées là à commenter les passants, un homme s'arrêta à notre hauteur. Je ne sais pas si c'étaient les pneus rutilants, rouge vermillon, notre chaise, ou le naturel de ma mère, si belle ces derniers temps, si puissante malgré sa précarité, mais l'homme resta là, les mains dans les poches, enchanté de nous découvrir.

« On le connaît ? marmonna ma mère, en arménien.

— Non. »

Elle m'avait appris qu'on ne parle pas aux inconnus. Je désobéis et m'adressai à l'homme :

« On a quelque chose de spécial qui vous intéresse, monsieur ?

— Je vous trouve charmantes… »

Et à ma mère :

« C'est votre fille, n'est-ce pas ?

— Oui.

— Il y a un air de famille.

— Vous êtes bien aimable.

— Qui a choisi la… poussette ?

— C'est ma fille.

— J'en voudrais une semblable, un jour. »

Il se tourna vers moi :

« Et de fille aussi. »

Un attendri.

Chaque détail était princier chez cet homme. La vie l'avait usé, patiné, un essentiel avait surgi. La crinière de lion, ondulée, souple, libre. Le pantalon de costume, gris, porté avec des baskets bigarrées, sans la moindre faute de goût, coup de maître. Le tee-shirt avait trois boutons.

Il dit qu'il espérait nous revoir, qu'il était seul ici le restant de la semaine, avant un concert. Coula à ma mère un sourire onctueux, qu'elle lui rendit avec la même aménité. Elle savait des mines secrètes à faire aux hommes, des risettes délicieuses d'ordinaire réservées aux médecins, aux grands professeurs.

Une fois l'homme parti, je m'extasiai sur sa prestance.

« Il est peut-être chef d'orchestre !

— Pourquoi tu choisis ce métier-là ?

— Il a dit "avant un concert".

— Ah bon ? Il a pas dit “avant un cancer” ?

— Mais non, maman ! Enfin, voyons, ça n’aurait pas de sens. Personne ne dirait une chose pareille !

— C’est ce que j’ai cru entendre.

— Tu entends très mal, je te rappelle.

— Hein ? »

Elle avait de ces malices.

« Il a dit “concert”. Je te jure.

— J’avais compris tout à fait autre chose.

— Tu te trompais. J’espère qu’on le reverra… si on se met là, demain… sûrement !

— S’il n’a pas passé l’arme à gauche d’ici là.

— Mais puisque que je te dis qu’il n’est pas malade.

— Il est juste vieux. »

Elle partit dans ses pensées, en cherchant un mouchoir dans sa manche. Je me pris à rêver. Ce serait fantastique, un chef d’orchestre. Ce serait fantastique, des concerts.

Quand soudain la voix de ma mère :

« Ma fille, tu vas encore penser que je te fais la leçon, mais laisse-moi te prévenir une fois pour toutes : je vois que tu fais l’impossible pour t’occuper de moi. Tu te sacrifies, et je m’en veux de ça. J’aime bien quand tu me dis que moi aussi je me suis occupée de toi quand tu étais petite, que c’est un juste retour des choses. Je joue à y croire, figure-toi. La vérité, c’est qu’il y a une hérésie là-dedans. Tu ne devrais pas être là encore avec ta mère. Bon, ça s’est présenté comme ça, on ne va pas refaire l’histoire. Sauf que. Sophie, laisse-moi te dire une bonne chose : cet homme était épatant, mais c’est un vieillard. Si, après moi, tu te mets avec un vieux, pardon, mais alors là ce sera vraiment du masochisme ! »

Post Intagram. 24 novembre.

Paris. Selfie. Contre-plongée sur le haut de mon crâne. Les cheveux blancs partent de chaque côté de la raie au milieu, ça me fait une large galette immaculée sur la tête.

J'avais écrit :

« Avoir des projets. »

Parmi les commentaires :

« J'aimerais avoir votre courage et votre persévérance. »

« Ça y est, je me suis lancée ! »

« J'aime bien le résultat du passé qui laisse la place au présent. »

« Un projet sur du long terme pas si échevelé que ça. »

« Le plus dur est fait. »

« Oui, c'est étonnamment élégant. »

« Motif en grisaille, comme on dit dans la porcelaine. »

« Eh ben, moi, je ne trouve pas ça joli !!! Pour l'instant… »

Début décembe. Milan. Italie.

J'étais dans un salon de massage.

J'avais demandé le module « *Rinascento essentiale* ». Renaissance essentielle. C'est celui aux huiles parfumées. Endroit d'un total raffinement. Le drap sur lequel on m'avait invitée à m'allonger était blanc, avec des larges bandes noires irrégulières, merveilleusement espacées.

« C'est un ancien linge de Syrie, avait expliqué le masseur. On n'est pas près de pouvoir en refaire de sitôt, avec cette guerre.

— N'avez-vous pas peur de l'abîmer, à l'utiliser ainsi pour les clients ?

— Il faut bien que la beauté serve à quelque chose. »

Maintenant que j'étais étendue, les yeux fermés, il venait de poser ses deux mains sur mes épaules pour estimer mon cas. La tension qu'on a tous, qui nous fait vivre d'ailleurs, à ce que j'avais appris récemment, il n'aimait pas la retrouver chez moi. On ne pouvait lui en tenir rigueur, il était masseur.

« C'est très tendu.

— Je viens de faire Paris-Dubaï-Milan, en trois jours.

— C'est une tension antérieure à ce voyage. »

Il proposait de la faire partir. Il faudrait dormir, après. C'était le masseur de l'hôtel, je n'avais que deux étages à monter pour regagner ma chambre. J'avais choisi exprès cette heure tardive, la dernière disponible dans la journée.

« C'est parfait. »

Il commença par les épaules, la nuque dont il estima l'élasticité.

« C'est raide. »

Ses mains dans mes cheveux. Où avais-je entendu que beaucoup d'êtres humains, on ne peut jamais les approcher à cet endroit ? Ils se sentent menacés, sur-le-champ. Les cheveux, c'est la force. On a toujours peur d'en perdre. J'avais un amant, jadis, il avait perdu tant de cheveux avec l'âge, pauvre homme, il avait cette superstition comme quoi ceux qui restaient, il ne fallait jamais trop les provoquer.

« Il y a eu un problème, avec les cheveux ?

— Pardon ?

— Je veux dire : c'est une dépigmentation ?

— Non.

— C'est tout blanc, aux racines. »

On aurait dit que c'était quelque chose qu'il voyait, lui, et dont moi je n'aurais pas conscience !

« Non, non… j'ai juste arrêté de les teindre.

— Une allergie ?

— Pas vraiment.

— Une intolérance ?

— On peut dire ça comme ça. Ou alors une plus grande tolérance, allez savoir…

— Certains traitements contre le cancer rendent le cuir chevelu hypersensible.

— Ce n'est pas un cancer, que j'ai.

— Ah, une autre maladie ?

— Je ne suis pas malade. »

Pendant des années, j'espérais qu'un médecin m'ordonne de cesser les teintures. J'attendais que d'« en haut », d'une sommité quelconque, me vienne un aval. J'avais connu une femme à qui c'était arrivé. Elle avait été model dans les années quatre-vingt. Vingt ans plus tard, de dos, on lui donnait encore dix-sept ans. Elle en avait quarante-quatre. La tête avait commencé de lui gratter. Elle avait essayé diverses sortes de shampoings, les antipelliculaires, les pour cuirs chevelus irrités, les neutres, les alcalins, les fleurs d'ortie, les réparateurs de stress, pour finir chez le dermatologue, couverte d'eczéma. On lui avait diagnostiqué une intolérance à je ne sais quelle substance contenue dans les teintures, peut-être l'ammoniac. Elle avait essayé les pigments naturels, sans plus de succès.

Elle avait les cheveux longs, ils lui arrivaient aux reins, et frisés. Elle me disait :

« Ça va être atroce, en gris, ça va faire caniche édenté. »

Elle s'acharna, quelque temps, malgré l'eczéma. Puis il y eut une pelade à certains endroits, à l'arrière du crâne.

Elle dut, comme elle disait, « arrêter les conneries ».

Petit à petit le gris gagna du terrain. Ses cheveux étant frisés, ça prit un temps fou. Elle coupa quelques centimètres. Elle laissa venir. L'eczéma disparut.

Je la perdis de vue quelques années. Un jour je tombai sur elle dans la rue. Les cheveux gris complètement, sublimes. Presque bleus.

« J'ai laissé pousser les racines, et puis après j'ai teint le reste de la même couleur pour ne pas trop me démoraliser pendant cette période de transition. Maintenant, tout a repoussé. Ce que tu vois là, c'est vraiment moi.

— Ça te va bien.

— Je me suis réinventée, que veux-tu ?! Combien de fois dans la vie on a des occasions de se métamorphoser ?! Les femmes ne sont pas condamnées à rester telles qu'elles ont été dans leur jeunesse. Elles ont le droit (je ne dis pas que c'est un devoir, et chacun fait comme bon lui semble), de s'enrichir d'un autre aspect, d'une autre beauté. »

Elle marqua une pause :

« Tu me prends pour une folle ?

— Non ! »

Mais, en fait, un peu.

Fin novembre. Paris. Musée des Arts décoratifs. Vernissage d'une exposition sur la mode.

Elles étaient passées me prendre en bas de chez moi. L'une que je connaissais, une collègue, et l'autre, une jeune fille, model, à propos de laquelle j'avais tout de suite été prévenue :

« Tu vas voir, si elle te regarde tu as l'impression d'exister. »

Ma collègue aimait les filles, selon l'expression consacrée. Elle prétendait qu'elle aimerait tout aussi bien les garçons, s'il y en avait. C'était une journaliste brillante au parler saccadé, les idées et les déductions se bousculaient dans son cerveau surnaturel. À cause, ou grâce à ce tempérament impulsif, elle n'avait jamais rien pu cacher de ses sentiments.

Ma collègue rayonnait, en me présentant son astre :

« C'est ma target… elle est pas fabuleuse ?! »

Et puis, en confidence :

« Rien n'est fait encore…

— Elle est sublime. »

C'est vrai qu'elle était belle, cette créature. Déjà, si vivante, elle palpitait. Ça venait de quoi ? Une importance qu'elle vous accordait, de ses yeux d'or, brûlants. Ou encore une ambiguïté galvanisante, chez elle. De loin ou de près, il était impossible de déterminer si l'on avait affaire à une fille ou à un garçon.

Elle avait l'interminable corps des models. La tête tondue, ou quasi. Quelque chose de complexe, sa mère était nigérienne, son père nordique, un mélange de sang qu'elle me détailla, et que j'oubliai aussitôt. Un jean noir, des baskets noires, un long hoodie, noir également, et la capuche sur la tête. On aurait dit un moine, rien de moins. Mais alors quel défroqué, celui-là !

Elle me vit, elle me toucha les cheveux.

« Tu es si belle ! »

Allons bon.

« J'aime tes cheveux. Je veux ces cheveux. Je veux ces cheveux pour moi. »

Elle s'appelait Tamy. Avait été élevée en Suisse, elle parlait parfaitement le français, même si elle préférait ne pas faire l'effort, et ne rien dire dans aucune langue, en fait. Juste vous attraper et vous prendre et vous emporter dans son hoodie.

Anguleuse, elle avait pourtant une main d'une douceur inégalée pour me caresser le front.

Je jetai un regard inquiet vers mon amie.

« Ne t'inquiète pas, régla-t-elle, personne ne peut résister à Tamy. Tant que tu ne me la voles pas…

— Ça me fait du bien qu'une telle bombe me trouve belle.

— Je comprends.

— Parce que, elle, elle est au-dessus des normes. Son compliment, c'est un encouragement à être libre.

— T'en fais pas, je sais tout ça. »

Tamy, entraînée par d'autres gens, nous échappa.

Mon amie, plus gravement :

« Sophie, on t'embête en ce moment, avec tes cheveux qui poussent ? On te cherche des poux dans la tête ?

— Non. Mais cette période de transition, c'est quand même pas si évident, tu t'en doutes bien. Parfois, c'est juste laid, faut bien reconnaître.

— Ne le dis à personne.

— Quoi ?

— Que parfois tu doutes.

— Ah bon ?

— À moi, oui, tu peux te confier, j'ai mon étrangeté. Mais les gens accrochés à la norme, que peux-tu attendre d'eux ? Surtout là, à ce stade, en chemin… Tu sais bien comment sont ces moutons : à la fin, si c'est réussi, si tout le monde voit que c'est réussi, alors ils le verront aussi. En revanche, n'attends pas d'eux qu'ils devinent quoi que ce soit "en premier". Le génie, ils ne savent que l'applaudir. Et encore.

— Je sais pas si j'ai du génie, ma vieille.

— Menteuse. Tous ceux qui osent la différence ont du génie. »

Et Tamy revenait feuler vers nous.

Nous étions sorties, elles voulaient fumer. J'avais froid rue de Rivoli, Tamy ouvrit son sweat et m'enroula dedans, il y avait de la place pour deux dans la capuche, où sa joue veloutée frôlait la mienne, avec une insistance mesurée, irrésistible. Elle passait deux doigts distraits sur ma tempe, en respirant mes cheveux. Et elle murmurait : « *Milk, milk.* »

Que j'étais du lait. Et j'étais du lait.

D'autres amis, qui passaient par là, me trouvèrent ainsi imbriquée dans l'insecte extraordinaire.

« T'as viré ta cutie depuis que t'es bicolore ?! »

Ils n'étaient pas méchants, en vérité. Mais j'en eus assez, de supporter leur ironie. Je me crispai dans le hoodie. Et Tamy, elle le sentit. Elle avait beau venir des brumes de ses herbes hallucinogènes, qui embaumaient dès qu'on s'approchait d'elle, la maintenant dans une sorte d'ouate, elle perçut l'abrupt de la réalité. Elle se pencha vers mon agresseur, à la manière d'un prince qui s'incline avant vous, pour vous montrer les bienséances et comment ça se passe au pays de la grande classe. Sans se fatiguer à le formuler en français annonça tout de go :

« *Actually, my dear, I am a boy…* »

Elle prononçait « *bbbboy* » avec suavité en avançant les lèvres comme pour leur donner à tous un baiser fatal, et qui leur rabattrait le caquet.

Début décembre.

Je tombai sur Arielle un soir, dans la rue. Il faisait nuit, on se reconnut quand même, elle avait une allure filiforme, ce culot d'être une poupée, malgré son intelligence. On ne pouvait pas la rater.

On se tomba dans les bras, comme on le faisait chaque fois, alors que la vie avait distendu les liens qu'on avait tâché de tisser jadis. Il n'en restait que cette tendresse, elle nous submergeait dans les retrouvailles, pour se dissoudre aussi vite, à la manière d'une inespérée liberté.

Cette rencontre ne m'arrangeait pas. J'étais sortie de chez moi habillée n'importe comment. Et les cheveux… le zèbre ce soir-là n'avait pas de puissance.

Qu'allait-elle penser de moi, l'amie si soignée ?

Arielle Dombasle avait conjuré sur elle les signes avant-coureurs du vieillissement. Le fait qu'elle aimât nager avec une palme spéciale de sirène n'était qu'une des parades grâce auxquelles elle retardait toute dégradation. Si on la connaissait, elle parlait volontiers de ses contradictions, sa raison rendue caduque par ses fêlures. La vérité ne lui faisait pas si peur que ça.

Elle la détestait, juste. Il est peu donné de côtoyer des grands lucides. Elle était l'un d'eux. Mais s'il y avait quelque chose qu'elle ne voulait pas voir, elle devenait elle-même opaque, radicalement.

Bref, le hasard me faisait à cet instant la croiser. J'avais honte, parce que je n'étais pas apprêtée. Ah, combien honteuse je la saluai, tâchant de mettre ma tête le plus loin possible du halo d'un réverbère.

Muette encore, je pouvais me croire invisible. Elle s'approcha :

« Sophinette ! Mais… regardez-moi cette chevelure ! »

J'avais estimé que, si je me répandais en justifications, sur un ton de plaisanterie, j'avais des chances de noyer le poisson. Je n'eus pas à tenter quoi que ce soit, car elle s'exclama :

« Je vois ce que tu fais.

— Arielle, je…

— Ça va être fantastique !

— Ah bon ?

— Ça va être immense !

— Ah ?

— Et beau !

— Euh, t'es sûre ? Tu trouves pas ça fou ?

— Ma chérie, heureusement que c'est risqué, tu trouves pas ?! Pour qui nous prenons-nous ?! Ce blanc va t'aller à ravir.

— Ça me fait infiniment plaisir que tu me fasses une telle prophétie, Arielle.

— En veux-tu une autre ?

— Je t'en supplie !

— Tu vas être… tu vas être… »

Elle faisait monter au-dessus de sa tête un bras télescopique, pour exprimer combien vaste j'allais être.

« Tu vas être une blonde étrange ! »

Et s'éloigna dans la nuit. Dans la sienne, peut-être. Oubliant totalement qu'on aurait pu échanger quelques autres paroles.

« Je t'adore, Arielle ! » lui criai-je.

Malgré l'obscurité, je vis le bras de l'amie épisodique à nouveau s'élever dans l'air, un doigt pointé vers le ciel. Elle brandissait son majeur, pour finir de clamer ce qu'on lui faisait, nous, à la norme.

Paris. Porte Molitor. Mi-décembre.

Avec mon frère chez Carrefour. Il était de longue date un ami des grandes surfaces. Il se sentait moins mangé par la fatalité du quotidien s'il poussait un caddie, si quelque chose roulait sans heurts dans sa vie, devant lui.

Quant à moi, je détestais l'abondance.

On avait pris deux caddies. Au bout de dix minutes, le sien était déjà plein, le mien encore vide.

« Ça sert à quoi, de t'amener ici, si tu ne prends rien ?

— Tu m'as obligée à venir. »

Débonnaire, il me tendit un pot de riz au lait :

« Ça, c'est bon. Prends !

— Je n'en veux pas. »

Du foie de veau sous vide.

« Ah, ça tu vas adorer ! »

— Stop. »

Ces aliments que ma mère nous avait forcés à manger, enfants. Il les avait en passion, et moi en aversion.

« Tu voudras quand même des tomates, hein ? » me demanda-t-il, presque dépité.

Il venait d'en étiqueter un sachet.

« C'est gentil, mais celles-ci, je n'en ai pas l'usage. Elles n'ont pas de goût.

— Si tu les fais cuire. Des pâtes à la sauce tomate, c'est délicieux !

— Je n'en fais jamais. Je mets dans les pâtes des tomates crues et goûteuses.

— Tu ne pourrais jamais vivre avec un homme.

— Et pourquoi ça ?

— Les hommes aiment la sauce tomate. »

Bref, on était là dans les rayonnages, à se chamailler. Les gens, en nous croisant, devaient s'imaginer qu'on était un couple, pour en découdre ainsi sur des broutilles. Je le vis prendre deux packs de yaourts, les plus enrichis, en plus, capuccino et cristaux de chocolat blanc. Sa gourmandise opposée à ma frugalité.

« Tu manges trop gras.

— J'aime ça.

— Tu engraisses.

— C'est l'âge.

— Non. Tu pourrais être encore l'homme splendide d'autrefois si tu faisais un effort. »

Et c'est là, tout à trac, qu'il se retourna complètement, me fit face les paumes ouvertes, avec un air démuni que je ne lui connaissais guère. Et je l'entendis annoncer, un peu aussi au reste du monde :

« Non. Maintenant c'est toi qui embellis ! »

J'en fus estomaquée. Lui-même, il regardait autour de lui s'il avait bien prononcé cette phrase, si elle restait autour de nous dans l'allée. Oui, elle était là, dans l'air. Il vint poser ses yeux dans les miens, comme un qui a avoué et ne sait plus que faire. Il était bras ballants. Contre sa hanche, son caddie rempli de ce qui alourdissait tant sa vie. Mon frère, mon amour. Lui, le beau, et moi l'intelligente.

« Qu'est-ce que tu viens de dire ?

— Ces cheveux blancs te métamorphosent. Tu vas passer de bigote à déesse. Tu vas devenir vraiment belle. À ce moment-là, tu m'auras tout pris, Sophie. »

Combien de temps on allait rester dans l'allée des yaourts, à se mesurer ?

« C'est pas parce que je m'améliore physiquement que ça te retire quoi que ce soit !

— Je me détériore, atterris. J'ai soixante-quatre ans, tout part en couilles.

— Plains-toi ! C'est que tu en as encore, au moins.

— On sait pas… tu as mieux réussi que moi.

— Tu as fait deux enfants. Tu as aimé des femmes. Des femmes t'ont aimé. Ne fais pas cette tête-là : des femmes t'ont aimé, abruti. Moi je n'ai rien construit de ce côté-là. Je ne sais même pas ce que c'est les bras complètement de quelqu'un. Ma vie sexuelle, elle a merdé. Je n'ai jamais vécu la réciprocité. Je ne connais que la marge, et si ça se trouve, avec mes cheveux blancs, je vais me retrouver coincée dedans.

— Hein ? Coincée dans quoi ?

— Dans la marge. »

Cette perspective le ragaillardit.

« Moi, c'est Marc, et toi, c'est Marge ! »

Il tendit la main vers une boîte de Décolor Stop :

« Ça, c'est génial, faut que t'en aies. Mais le bon, ce n'est pas celui-ci, le bon c'est "Profondeur Intense". Attends, je vais te le trouver. »

Fin décembre.

Elle était journaliste dans un magazine italien. Elle m'appelait pour m'interviewer sur l'arrêt des teintures. L'information comme quoi une femme française postait sur les réseaux sociaux l'avancée de ses cheveux blancs était arrivée jusqu'à elle. Elle m'avait prévenu qu'elle avait son petit avis.

« Je voudrais vous comprendre. Pardon, mais pour moi ce que vous faites, c'est comme s'enterrer vivante. Les cheveux blancs, c'est une dégénérescence. Et c'est morbide, ça c'est établi. Vous n'ignorez pas qu'une grande frayeur peut nous faire blanchir en une nuit ? Moi, je connais quelqu'un qui s'est réveillé avec les cheveux tout blancs d'un seul côté de la tête un matin. Eh bien, croyez-moi, il ne rigolait pas, il ne trouvait pas le concept esthétique du tout. Il n'y a rien de drôle ni d'attirant ni de bandant là-dedans. C'est juste funeste. Je sais même pas si un nécrophile voudrait s'enrouler le pénis autour d'une mèche blanche. Même le pire des pervers, je ne le vois pas faire une chose pareille. Ça lui viendrait même pas à l'idée, si vous voulez mon avis. Il y a vraiment une répugnance des gens devant les cheveux blancs, en avez-vous conscience ? Vous n'ignorez pas non plus que, quand on meurt, les cheveux et les ongles continuent de pousser, et que ça donne des choses… c'est terrifiant. C'est un sujet d'épouvante. Trois centimètres de cheveux blancs vous sautent à la gueule si jamais vous rouvrez le couvercle quelques jours après l'inhumation. Bon, en même temps, vous me direz, personne n'ouvre jamais le cercueil, enfin c'est très rare, Dieu merci. Et vous, là, vous voudriez vous balader couvercle ouvert, au vu et au su de tout le monde ! C'est d'une agressivité… Et j'ai aussi une autre question : comment la voyez-vous, votre vie sexuelle ? Vous vous imaginez, à califourchon sur un type avec des cheveux de sorcière ? Déjà que les hommes ont peur des femmes mais alors en plus si on se met à les effrayer, les pauvres, il ne faudra pas s'étonner si un jour ils arrêtent complètement de bander !

— Bref, vous désapprouvez.

— Sauf si vous me dites que vous voulez ressembler à une sorcière. »

Le portrait de Yolande, dans une revue historique. Moyen Âge. 1460. Bourgogne. Yolande est accusée de sorcellerie. Elle a échappé au mariage, au couvent, restée à s'occuper d'une mère malade, à la longévité toutefois extraordinaire. Le jour où sa mère meurt, Yolande réfléchit que, si on apprend ce décès, elle, Yolande, risque de perdre toute légitimité à vivre seule. Elle décide de cacher cette disparition. Enterre sa mère elle-même, dans le vaste jardin de la propriété. Ensuite, elle fait croire que la mère est vivante. Yolande est brillante, et habile. Cela dure des mois.

Elle ne commet qu'une erreur, elle se confie un jour au prêtre (connu depuis l'enfance) du village. Elle ne veut pas que Dieu lui pardonne, car elle n'a fait de mal à personne, dit-elle. Elle ne veut pas que Dieu la comprenne, car Dieu la comprend déjà, dit-elle. Elle veut juste qu'un homme sache : « J'appartiens à la famille humaine. »

Le prêtre aime bien Yolande. Mais quand il demande des détails, témoignera-t-il au procès, Yolande en fournit, et ça l'épouvante. Notamment elle précise comme il fut ardu et triste de rouler la mère dans un drap, de tirer le corps dépourvu de vie sur les dalles lisses, puis sur les marches du perron, le talus, comme il fut difficile de creuser une tombe.

C'est lui qui la signale aux inquisiteurs. Il croit bien faire.

Elle est arrêtée et jugée. Au procès, on lui défait son chignon. Ses cheveux grisonnants lui tombent sur les épaules. Une immense mèche blanche, sur sa tête, attire l'attention. Elle scintille. On s'intrigue. On se souvient, au village, qu'elle avait déjà cette mèche blanche quand elle était jeune. On pousse l'investigation. Comment la soignait-elle, sa mère, exactement ? On retrouve des potions, ou ce que l'on décide de nommer ainsi. Le médecin, qui n'a jamais rien eu à prescrire à la mère de Yolande, d'une santé solide, examine les flacons d'herbes et confirme que les onguents ne viennent pas de lui. Yolande plaide que les recettes à base d'herbes sont connues depuis toujours dans le village, on a qu'à demander. Le village dément, il a peur.

Bref, on cherche alors la marque du diable sur le corps de Yolande. On la met nue, on la rase, on la tond. Ce qu'elle a, sur le sommet du crâne, c'est une large tache en forme de comète, une dépigmentation. On a trouvé la marque.

Yolande est brûlée vive.

On sait aujourd'hui pourquoi Yolande avait à la fois une tache sur le crâne et des cheveux blancs. Il s'agissait d'un albinisme partiel, maladie héréditaire. La tache, c'est parce que la peau, à cet endroit, ne produisait pas de mélanine. Les cheveux, en conséquence, poussaient blancs à cet endroit.

Je suis moi-même née avec cette particularité génétique, par ailleurs bénigne.

Début janvier.

Rue Saint-Roch. Cantine de l'église.

Je voyais depuis des mois, toujours assis devant la porte sur un coussin de velours vert. La cantine n'ouvrait qu'à 18 h 30, il était là bien avant, dès 15 heures, il gelait, immobile, les mains glissées entre ses fesses et le coussin, pour les garder au chaud. C'est pour ça que je l'avais remarqué. Si quelqu'un était à portée de voix, il prévenait : « Je suis frigorifié ! » Fort accent russe. Du menton, puisque les mains n'étaient pas disponibles, il désignait son gobelet, posé en plein milieu du trottoir. Avec ses maigres affaires, il s'était étalé un peu. Il essayait de prendre le plus de place possible pour ne pas se faire oublier.

Noblesse des gens qui n'ont plus que leur écorce terrestre : il avait des cheveux longs, jadis blonds, puis blancs, aujourd'hui vanille, et plaqués le long de ses tempes décharnées où un regard limpide, exalté, ironisait :

« Tu donnes pas ? »

Je lui glissai deux ou trois euros.

Ce jour-là, je n'avais pas de monnaie, j'essayai de changer de trottoir. Il s'écria :

« Eh, t'es fauchée ? »

Je n'osai pas répondre.

Et lui, taquin :

« Je peux te dépanner ?! »

Je n'avais pu que revenir vers lui, m'excuser :

« J'ai rien sur moi.

— C'est pas grave, ça, emmène-moi dans ta maison douillette. Je te cajolerai, l'Enneigée ! »

On ne m'avait jamais donné de plus beau surnom.

Et puis un jour, il disparut.

Fin janvier.

Je passai un soir devant la cantine, au moment où les gens attendaient l'ouverture, imminente.

Voici qu'ils étaient cinq ou six à se donner des accolades, dans le froid.

Peut-être mon Russe était-il parmi eux. On avait du mal à voir, avec la foule et la nuit.

Quand soudain, j'entendis :

« Eh, mais c'est l'Enneigée ! »

J'allai pour sourire à l'homme qu'il me semblait un peu connaître, à force, et je tournai la tête vers le groupe. Mais celui qui m'avait interpellée, et qui restait tout bravache le sourire au visage, n'était pas mon Russe. Toutefois, je remarquai sous son bras, le coussin de velours, couleur d'ambre, si souvent aperçu.

Ces gens n'étaient pas si loin, j'allai vers eux.

« C'est le coussin du monsieur russe, que vous avez là ?

— Oui, dit l'homme.

— Et lui, où est-il ?

— Il est parti.

— Où ça ? En Russie ?

— Vous êtes trop romantique. »

Les autres étaient entrés dans le réfectoire. Il n'y avait plus que l'homme et moi dans la rue. Avec le coussin.

« Il vous aimait bien… vous lui donniez des pièces tous les jours. Et il voulait que vous le preniez avec vous, à votre domicile. Il trouvait que ça aurait pu le faire.

— Il vous disait ça ?

— Oui.

— Comment savez-vous que c'est moi ? Comment m'avez-vous reconnue ?

— Avec la moitié de la tête blanche, vous ne pouvez pas passer inaperçue ! Il disait : “Si tu la voyais, mon Enneigée !” »

Post Instagram. 1er février.

Un selfie dans le Thalys qui me ramène de Bruxelles. La lumière peu flatteuse du train me tombe sur les cheveux, qui sont lâchés. Une tête moitié noire, moitié blanche.

J'avais écrit :

« Pensées en direct du Thalys : parler mode ce soir devant Agnès Varda, à la radio. J'y vais comme ça, non ? Zebra square ! »

Parmi les commentaires :

« Tellement lumineux. »

« J'ai honte de mon rendez-vous chez le coiffeur. »

« Faut couper. »

« J'aimais bien les tresses, parce que là on dirait une pénitence. »

« La lumière gagne sur l'ombre. »

« Et en parler la tête haute !!! »

« À vingt ans, je le veux déjà. »

Sur YouTube une vidéo de la réalisatrice Agnès Varda, au 68e festival de Cannes. En 2015. Venue recevoir une palme spéciale, pour l'ensemble de sa carrière. La première femme à avoir cet honneur, après trois hommes.

Sur scène, l'actrice Jane Birkin, c'était elle qui allait remettre la palme. Un smoking noir, la chemise ouverte, un long foulard d'homme, en soie, marine, à pois blancs. Quant à Agnès Varda, à l'âge de quatre-vingt-sept ans, elle avait une coupe au bol, candide comme l'enfance, la fameuse coupe Jeanne d'Arc. Depuis une quinzaine d'années, elle laissait ses cheveux immaculés aux racines, mais châtains aux pointes. On comprenait tout de suite que c'était fait exprès. Avait-on jamais vu coiffure plus étrange, plus subversive ? Cette transition du brun au blanc, passage obligé et honteux des femmes, elle l'entretenait à dessein sur elle-même. Ceux qui la connaissaient étaient habitués à cette originalité. Mais sa venue à Cannes la plaçait dans une lumière inhabituelle. Une initiative personnelle, assez confidentielle, devenait en quelques jours un événement à l'échelle planétaire.

La veille, dans un show télévisé, un comédien français l'avait taquinée, à sa manière adorable : « Je crois que tu as Alzheimer, Agnès. » Elle avait répondu : « Écoute, je suis sur le chemin, mais pas encore... » Et lui : « Je te dis ça parce que tu n'as pas fini ta couleur. » Et elle : « Ça, c'est vrai. » Toute fière.

Sur scène, devant l'assistance si convenue du festival de Cannes, Agnès Varda bravait tranquillement le monde. À peine prenait-elle la parole, que c'était pour dire qu'elle se sentait protégée. Elle avait beau expliquer par qui (ses enfants et ses petits-enfants) la salle entière comprenait que c'était par son aura. Et que cette dernière irradiait sur sa tête.

De sa voix douce, elle appelait à résister « au découragement, à la flemme et à l'imbécillité ».

Ce qu'elle faisait par les cheveux, en l'occurrence.

On n'y voyait pas grand-chose dans le studio de Radio France. Agnès Varda était assise dans un recoin, d'autant plus discrète que les autres étaient debout. Eu égard à son âge, on lui avait offert un siège. Elle semblait microscopique, derrière les gigantesques appareillages du studio.

J'étais allée la saluer, lui expliquer que nous allions passer cette heure ensemble, à l'antenne.

Elle avait tout de suite remarqué mes cheveux.

J'avais confirmé :

« Je suis comme vous... »

Cette manière, n'est-ce pas ! de se trouver des semblables. Je m'étais agenouillée près d'elle, mes mains sur l'accoudoir de son fauteuil, pour lui faire voir mes racines, notre toupet. Elle s'y était intéressée, adorable, aussi attentive que si je lui montrais un point sur une carte.

Plus qu'un sourire, une espièglerie courait toujours sur les lèvres d'Agnès Varda.

« Ben oui, mais qu'est-ce que vous allez faire, après ? me demanda-t-elle.

— Je vais les laisser longs.

— Beh oui, mais avec le temps le noir va tout partir.

— Oui, je sais.

— C'est rigolo, avec du noir.

— Oui.

— Ça fait dire aux autres des phrases bizarres. Et il ne faut pas répondre, juste se réjouir. Vous savez bien : c'est seulement ce qu'on n'explique pas qui donne de l'imagination.

— Vous avez raison.

— Quand ils auront vraiment poussé, il faudra teindre les pointes en noir.

— En fait, je les voudrais blancs, et longs. Du très simple.

— Blancs complètement ?

— Oui.

— Sans accidents ?

— Non.

— Ça va pas être barbant ? »

En fait d'originalité, je n'étais qu'une bleue.

Février.

Une librairie d'art exiguë du Marais, à Paris. Un cocktail pour la sortie d'une revue de mode. Cent invités, quand l'endroit ne pouvait guère en contenir plus de vingt.

Si on parvenait à entrer, par miracle, si on arrivait jusqu'aux piles de revues, on ne trouvait personne à qui les acheter. Personne ici n'avait le sens du commerce. L'employé du lieu faisait des selfies. Le fondateur du magazine qu'on fêtait n'était pas plus efficace. Il vous voyait feuilleter un exemplaire, il interrompait sa conversation et lançait :

« Laisse ! T'es fou, le prends pas ! Je te l'enverrai ! »

La soirée se passait dans la rue.

Si quelqu'un se plaignait du froid, les autres le considéraient avec méfiance. Est-ce que ce n'était pas déjà formidable d'être là, protégés de la banalité du monde ? Est-ce que ce n'était pas mille fois mieux qu'être protégé du froid ? Ils étaient fauchés, je-m'en-foutistes, désaxés et heureux, c'est sans doute pour ça qu'ils se mettaient dehors, un verre à la main, indifférents à bien des emmerdements.

La revue était bisannuelle, élégante et inintelligible, réalisée par des êtres qu'on aurait pu décrire de même. Ils avaient des allures merveilleuses. Des bonnets roses sur la tête des hommes. Non loin de moi, un type portait un maxi pull écru avec un costume gris de banquier, et aux pieds des sandales et de grosses chaussettes. Il écartait volontiers sa veste pour faire admirer l'arc-en-ciel imprimé sur le pull, au niveau de la poitrine.

« C'est un pochoir. »

On me le présenta : Eliot.

Eliot venait de Los Angeles. Il ouvrit sa veste.

« C'est pas mal, non ? »

On ne savait pas s'il parlait du pull ou de son corps alléchant, qu'on devinait par là-dessous.

C'est un ami à lui qui les faisait, en Californie. Il fourrageait déjà dans son téléphone pour me montrer des images.

« Regarde, ça s'appelle Elder Statesman… »

Les pulls qu'il me montrait étaient tous plus attirants les uns que les autres.

J'étais en train de penser que c'était fabuleux de rencontrer des gens nouveaux, quand il me dit :

« Je vous adore : je vous suis sur Instagram… »

Ce petit monde.

« Quel âge avez-vous ? demandai-je.

— Je sais pas compter.

— Y a pas des gens plus jeunes que moi à suivre ?! »

Il était model, et musicien, et graphiste, et vidéaste, et graveur de sérigraphies, et céramiste, et développeur de sites internet, et fondateur d'une chaîne YouTube sur les raccourcis claviers de l'ordinateur (« mais en cool »), et s'initiait aussi à une pratique détournée du yoga, en vue de l'enseigner. Il étudiait aussi à la Free Topanga University de Californie.

« C'est quoi cette université ?

— On l'a créée avec des copains. C'est un ranch, avec tout l'espace nécessaire.

— Et vous êtes combien, à étudier là-bas ?

— Sept. »

Puis, à la manière américaine :

« Il faut que vous veniez ! »

Quand je partis, il allait dans la même direction que moi, il me proposa une petite marche. Je n'osai objecter que la température avait encore chuté. Il était minuit. On quitta la librairie. Je frissonnais. Il ôta sa veste, il ôta son pull. En dessous il avait un tee-shirt en velours, comme ceux que les enfants portent la nuit pour dormir. Il me tendit le pull et la veste. Il allait geler en sandales, comme ça, dans la nuit. Il entreprit de me passer le pull par la tête. Sa veste sur mes épaules.

« Tu vas attraper la mort !

— Je n'attrape jamais rien.

— C'est ce que dit Denys Finch Hatton à Karen Blixen dans *Out of Africa*.

— Je ne connais pas ces gens.

— Elle avait la syphilis.

— C'est une maladie ?

— Oui.

— Un truc sexuel ?

— Euh, oui.

— Je crois que j'aime bien les trucs sexuels. »

La suite prouva que oui.

Au petit matin, chez moi, il insista pour m'offrir le pull. Il en prit un autre à moi dans la penderie, un étriqué qui lui faisait des manches trois quarts. Il adorait.

« Pourquoi tu ris, Funky Hair ? me demanda-t-il.

— J'avais pas fait l'amour depuis 1932, à peu près.

— Quelle drôle d'idée ! »

Il n'attendait pas de moi des preuves de jeunesse. La plupart du temps, il me caressait le cou, à l'endroit le pire, celui précisément que j'aurais voulu refaire, si ça avait été possible. J'avais là une dépigmentation et des plis, la rançon du soleil et de ma bêtise. Et de mon goût pour la vie. Il se répandait en louanges sur ces marques du temps. Je lui faisais valoir que cette peau esquintée me gênait, et que j'avais été sotte, je n'avais pas été prudente, c'était la catastrophe. Il écartait les mains devant lui d'un air de demander alentour d'où j'osais sortir des âneries pareilles.

« C'est rassurant, que ça existe…, plaidait-il.

— Quoi ?

— Les rides.

— Tu as tout pour toi, Eliot. Pourquoi tu te trouves pas une petite copine de ta génération ? »

Les milliards d'hommes de mon âge, qui s'étaient trouvés dans la même situation que moi à travers les siècles et les civilisations, là à jouir d'une jeunesse qui n'était pas la leur, avaient-ils eu mes scrupules ?

Il leva les yeux vers moi :

« Je t'admire, Funky Hair…

— Beh oui, mais…

— Je sais pas, t'es un exemple. J'ai moins peur de vieillir quand je te vois. C'est comme si ça devenait possible. Tu rends ça cool.

— Cool ? Quel mot !

— Tu remarqueras que personne n'en trouve d'autre à mettre à la place.

— C'est vrai. »

Il s'en fut examiner, sur une étagère, une photo de Cary Grant que j'avais achetée à prix d'or.

« Qui est-ce ?

— Cary Grant. Tu ne connais pas Cary Grant ? Il a été l'un des plus grands acteurs du monde !

— Pourquoi t'as sa photo ?

— Je le considère comme mon vieux mari.

— Et ton Cary Grant, ça lui fait quel âge ?!

— Il est mort ! Il est né en 1904 !

— Et tu oses me donner des leçons ! »

Post Instagram. 14 avril.

Dix centimètres de racines.

J'avais écrit :

« Que la lumière soit. »

Parmi les commentaires :

« Des racines et des ailes. »

« Il manque peu ! »

« Putain c'est beau ! »

« Très beau. Ne change rien. Ou plutôt si : défends l'indéfendable. »

« Les vestiges du passé disparaissent peu à peu. »

« Dinguerie de modernité cette photo. »

« Eh bien, j'avoue, j'étais très sceptique, et voilà que c'est magnifique ! »

« Horrible. »

Chaque jour, il se trouvait quelqu'un pour l'écrire sur Instagram : « Et une coupe courte ?! »

J'avais donc un côté zèbre dont j'aurais pu faire si simplement l'économie. Un coup de ciseaux pouvait me tirer d'affaire. Sauf que ce n'était pas dans mes projets. À ce conseil, j'opposais un silence obstiné.

Jusqu'à ce jour où, fouinant dans une boutique vintage où j'avais mes habitudes, je fus reconnue par une cliente. Par le désormais habituel « je vous suis sur Instagram », elle aborda d'emblée cette question de cheveux courts.

« J'adore, sur Instagram, quand vous faites des selfies avec des gens qui vous abordent dans la rue. J'aime bien ce lien que vous avez avec vos followers. Ça humanise. »

Elle ajouta :

« Je m'étais dit : Si je la croise, moi, je lui en parlerai. »

Et, prenant son élan :

« Pourquoi vous coupez pas ? »

Le propriétaire de la friperie, qui était devenu un ami à force de me voir fouiller dans ses précieuses vieilleries, vint à ma rescousse :

« Elle fait une expérience. »

Ce n'était pas totalement faux.

Or la femme, depuis le temps qu'elle détaillait mon visage sur Instagram, décelait chez moi des motivations plus secrètes.

« Au fond, vous voulez peut-être pas lâcher ? » me lança-t-elle, soudain un brin agressive.

Le propriétaire de la boutique fit un mouvement pour intervenir, et moi un autre, très discret, de la main, pour le prier de n'en rien faire.

« Vous avez raison. »

Son sac en glissa de son épaule :

« Mais je croyais…

— Oui ?

— … que vous aviez accepté de vieillir.

— C'est pas tout à fait ça.

— Ah bon ? »

Ah, c'était comme si je mettais fin à son rêve. Elle avait placé en moi un fantastique espoir : on pouvait abandonner la partie sans en mourir (enfin, pas tout de suite !). Je la détaillai : j'avais là sous les yeux son propre renoncement à elle, l'étole trop chiffonnée, la lanière trop longue du sac trop lourd, les tatanes pas cirées.

Elle devina :

« Vous voulez garder les cheveux longs, comme une jeune fille ?

— Y a de ça. »

Elle porta la main à sa bouche.

« Pas vous ! Pas vous, Sophie Fontanel ! Je pensais que vous étiez affranchie de tout ça. Vous n'allez pas me dire que les cheveux courts ne sont pas beaux pour une femme ! Pas vous, avec votre liberté ! »

Je posai une main sur son bras.

« Non, bien sûr. C'est même magnifique. L'autre jour, je passais devant une école communale, les petites filles qui en sortaient avaient les cheveux longs. Pas une seule n'échappait à la règle. Je me suis rappelée que, de mon temps (pardonnez-moi de parler ainsi), la moitié des fillettes portaient les cheveux courts. Les parents nous les coupaient, c'était plus pratique. Il n'y avait pas cette convention nouvelle où les gamines doivent déjà ressembler, si petites, à l'idée que l'on se fait d'une femme. Moi-même, j'ai eu les cheveux courts toute mon enfance.

— Mais alors, pourquoi vous coupez pas ? Vous le dites vous-même qu'on coince aujourd'hui les femmes dans une norme ridicule.

— Se couper les cheveux à partir d'un certain âge, c'est aussi une norme. »

Cet argument la troublait, son regard s'évada quelques secondes vers la vitrine et la rue.

Je volai à son aide.

« Chacun son histoire : la mienne, c'est de naître enfin à une beauté classique qui m'a été refusée à la naissance. Et puis, je ne cherche pas la jeunesse, je cherche la beauté.

— Vous êtes belle !

— Non. Pardon de répondre sans hésiter. J'aimerais pouvoir être de votre avis, mais cela m'est impossible. Belle, disons que, si je le suis… un peu… c'est seulement parce que je réussis à vous en convaincre.

— Vous ne devriez pas parler de vous de cette manière : vous êtes belle.

— Non. Je m'invente progressivement une beauté, oui, peut-être…

— Vous avez ce côté si naturel.

— Vous trouvez ?

— Oui. On voit bien que vous n'avez rien fait.

— Rien fait de chirurgical, vous voulez dire ?

— Oui, enfin… tous les trucs que les femmes s'injectent.

— Je me suis fait recoller les oreilles, à vingt-cinq ans.

— Oui, mais ça…

— Redresser les dents, à vingt-sept ans…

— Oui, oui, mais c'est pas pareil, ça…

— Retirer des taches au laser à quarante ans.

— Vous savez bien que ce n'est pas comparable…

— À quoi ?

— À ce qu'on fait pour lutter contre le temps.

— Pas faux. »

Elle y songea quelques instants. Puis ajouta :

« En tout cas, une jolie petite coupe courte vous rajeunirait de dix ans. »

Elle en rougissait, elle voyait bien qu'elle s'obstinait.

Hyères. Sud de la France. Avril.

Je couvrais un festival de mode pour mon journal. Les expositions avaient lieu dans la villa jadis commandée à Robert Mallet-Stevens par Charles et Marie-Laure de Noailles. Ces Noailles, ma foi, ils avaient été riches. Ils avaient voulu une maison comme aucune autre. Ils avaient osé une différence, elle leur avait survécu.

Un jeune photographe – un chasseur de looks, comme on disait – s'approcha de moi.

« Je peux ? »

Et déjà l'appareil photo lui cachait le visage. Il avait tellement l'habitude. Dans nos milieux, personne ne disait non.

J'étais debout devant un des murs clairs de la villa. Il me demanda de me déplacer légèrement sur la gauche. Il cherchait ses angles, inquiet. Sa tension paraissait bien inutile. Comment aurait-il pu la rater, sa photo, dans un cadre pareil ? Les lignes de la maison, les terrasses échelonnées, ici le talent vous venait d'office, tombé du ciel. Tout était si photogénique.

Il se tracassait quand même. Je vis qu'il fixait des rais de lumière derrière moi, ils venaient dans l'aplomb des fenêtres. Moi aussi, ils m'émerveillaient, à cet instant. Il avait beaucoup plu les jours précédents. Et là, le soleil revenu, providentiel, sublimait les murs et la vie.

Il fit la photo.

Juste après, il eut un timide sourire, dirigé vers ses mains. C'était sa façon de dire merci et adieu.

Dans la mode, on connaissait tous ce discret bonhomme. Il n'avait pas vingt ans. Ses photos des gens de la rue, ce n'est pas qu'elles étaient nouvelles, c'est qu'il avait un opéra dans la tête, ce gosse, il le répercutait sur chaque vêtement, chaque mouvement. Les plus grands magazines s'arrachaient ses travaux.

J'allai vers lui.

« Je peux regarder ? »

Il s'affola. Je précisai :

« Ce n'est pas pour juger, c'est pour aimer. »

On se mit dans un coin d'ombre, pour mieux voir. Il me montra.

J'étais maintenant très habituée à faire des selfies. C'est une chose de se prendre en photo soi-même, de choisir ce qu'on veut donner aux autres. Alors que là, ce n'était plus un miroir avec ma pensée dedans : c'était le cœur d'une personne différente de moi, qui n'avait aucune idée de qui j'étais, sans doute. Et m'imaginait.

Ce que je vis : j'étais devant les murs, striés par ces lignes de lumière qui traversaient le feuillage des arbres et donnaient l'illusion de me traverser. Vers ma tête, les rayons du soleil tombaient comme des flèches sur mes cheveux blancs. Cela me faisait une couronne, comme la statue de la Liberté.

« C'est splendide, dis-je au jeune photographe.

— Merci. »

Il était soulagé. Il avait toujours peur qu'on lui demande d'effacer la photo, à peine s'était-on vu dessus.

« Les gens sont sévères.

— Oui, parce que parfois, on ne peut tout simplement pas se supporter, je chuchotai.

— C'est ça.

— Comment as-tu fait pour saisir ce halo de lumière, là, sur ma tête ?

— C'est le bleu du ciel qui venait sur le blanc de tes cheveux.

— Je crois que le bleu de l'azur et le blanc, c'est la même chose. Alors ça s'est parlé.

— Oh ?

— J'ai fait des études de linguistique. Jusque vers le Moyen Âge, les bleus ont été répertoriés comme des nuances de blancs. Et c'était le même mot. "Bleu", cela venait de "blef", dérivé de "blanc".

— Ah oui ? »

Déjà, je le voyais se tourner vers une autre cible, un couple qui venait d'arriver sur l'esplanade de la villa. Il recalculait ses lumières, il était passé à autre chose.

Moi, je considérais la pelouse sur l'esplanade, l'allégresse au cœur. Je repensais à l'adolescente de jadis, celle qui disait : « Arrête, je suis monstrueuse en photo ! » dès qu'on s'approchait d'elle avec un Instamatic. Les doutes infernaux que j'avais. Alors que là, je m'étais laissé prendre. À aucun moment je n'avais pensé que ça ne valait pas la peine de faire la photo. Et après, quand je l'avais examinée, cette image, je n'avais pas été si critique. Je n'avais prêté attention qu'aux choses positives. L'azur, la lumière, mon être et le décor. J'avais accepté d'être captée.

Quelque chose en moi devenait possible.

Passionnément

[illegible]

[illegible] qu'il était au [illegible]

les ch[illegible]

[illegible]

de vaincre [illegible]

[illegible] le [illegible]

[illegible]

elle qui [illegible]

avant [illegible]

quand je [illegible] quand je

Mai.

Elle effilait quelques mèches sombres, trois fois rien, pour alléger. Ce peu dont elle me délivrait suffisait à faire apparaître le blanc là-dessous, le blanc partout. Sur le sol, après avoir glissé sur ma blouse noire, les cheveux marron atterrissaient sur le sol clair où, moi, je les surveillais. Est-ce qu'elle n'en retirait pas trop ?

« Tu vas pas trop couper, hein ?

— Non, ne t'inquiète pas. Je retire un maximum de teinture, sans forcer. On recommencera en septembre, après les vacances. »

Elle savait où tailler dans la masse, avait ce doigté de virtuose. S'emparait d'une mèche, la laissait en suspens, en l'air, on voyait dedans en transparence. Quand la mèche retombait, c'était métamorphosée, et bien qu'allégée elle paraissait plus longue et comme élancée.

Une amie, non loin de moi, se faisait blondir. C'est elle qui m'avait présenté Delphine, des années auparavant. Je me coupais alors les cheveux moi-même ; quand je me réussissais, c'était par hasard, quand je me ratais, par obstination. Allez, en ce temps-là je n'en finissais plus de me détruire.

Sans jamais me rassurer, mon amie m'avait sauvé la vie, en me disant un jour : « Tu es dingue, si tu n'acceptes jamais aucune aide. » Elle avait la passion de déléguer, elle. Ses ongles qu'on vernissait, son dos qu'on massait, ses courses qu'on lui livrait, ses hommes qui lui donnaient du plaisir, c'était le secret de son bien-être. Toujours, elle disait : « Mais qu'est-ce que tu t'emmerdes ?! Simplifie ! » L'insouciance n'est pas donnée à tout le monde.

Là, pendant que Delphine effilait, l'amie s'agaçait :

« Enlève-lui ce reste de marronnasse, qu'on en finisse ! »

Et moi :

« Non ! Non ! Pas trop court ! »

Ça faisait rire mon amie, de me voir paniquer.

« On n'en peut plus ! elle continuait. Ça ne va donc jamais s'arrêter, cette saga de l'Immaculée Conception ?! Tu vas nous emmerder encore longtemps avec ton sacro-saint processus ?!

— Je ne vois pas de quoi tu parles.

— Je parle du processus de sainte Cheveux Blancs.

— C'est un cheminement, je le vis comme une expérience.

— Ah ben ça ! Et tu vises quoi ? La canonisation ?!

— Non. Mais ça me plaît d'agir de cette manière. J'y prends du plaisir.

— Une mystique, je te le confirme ! Quand on en est à se branler avec ses cheveux, c'est pas bon signe…

— Tu dis n'importe quoi.

— Ou pas.

— J'essaie de prouver quelque chose.

— Allons bon ! et en plus une missionnaire, maintenant !

— Y a de ça.

— C'est pas demain la veille que tu vas baiser.

— Ça m'arrive.

— C'est ce que je voulais dire par là. »

De la main, elle avait poussé le coude de Delphine pour faire riper les ciseaux, que ça m'en élague davantage.

« Arrête, je vais la blesser ! » protestait Delphine

J'en rajoutai :

« Ce sera ta faute s'il m'arrive quelque chose…

— N'aie aucune crainte, ça risque pas. Abstinence capillaire.

— Je ne parlais pas sexuellement : je parlais d'un éventuel coup de ciseaux qui pourrait me faire mal, à cause de ta brusquerie.

— Hé, t'es pas en sucre, s'il te plaît.

— Fiche-moi la paix, fausse blonde !

— Déracinée ! Arménienne ! »

Elle m'avait attaquée à la bombe de laque, il avait fallu la lui retirer des mains, mais on n'y arrivait pas, on riait trop.

« Arrêtez, ça suffit ! avait hurlé Delphine. Non mais vous avez quel âge ?!

L'amie me montrait du pouce :

« Ah ben, elle, vu la chevelure qu'elle se trimbale, on sait que c'est plus de vingt ans !

— Tu n'as que cinq ans de moins que moi, je te signale.

— Ressenti, dix ans.

— Tu me trouves vieille ? »

Elle m'envoya des baisers dans le miroir.

En sortant de là, on se mit en terrasse, rue de Rivoli. Elle si blonde, moi si blanche. Coiffées, les deux. Devant des verres de rosé et des chips au poivre. Nous profitions de cette fin de journée, nos deux têtes unifiées par la lumière dorée du soir, qui tombait de biais sur nos visages. Elle venait du jardin, où rien, sur des centaines de mètres, ne l'avait arrêtée.

« Moi, j'aurais coupé plus court…

— Je sais.

— J'aurais ratiboisé.

— Tu n'as jamais été subtile.

— Dieu merci, cela aussi m'a été épargné ! »

Dieu que j'aimais ce démon.

« J'aime bien être différente des autres, lui dis-je.

— Sophie, pardon, mais je te le demande, de qui es-tu différente ? »

Je la regardai sans comprendre.

« Les cheveux blancs, ça n'est pas si original, si c'est à cela que tu penses, dit-elle. Beaucoup de femmes dans ce café ont les cheveux blancs. Et parmi celles qui passent dans la rue, c'est pareil, figure-toi. »

Moi, je considérai le café et la rue, je ne vis rien de ce dont elle parlait. Je n'isolai que des brunes et des blondes, des châtain foncé, des châtain clair.

« Tu dis n'importe quoi.

— Ou pas ! »

À notre gauche, trois femmes parlaient des vacances. Elles commençaient déjà d'en prendre, par petits bouts, à ce qu'on comprenait. À droite, c'en étaient deux autres penchées sur un dossier, elles

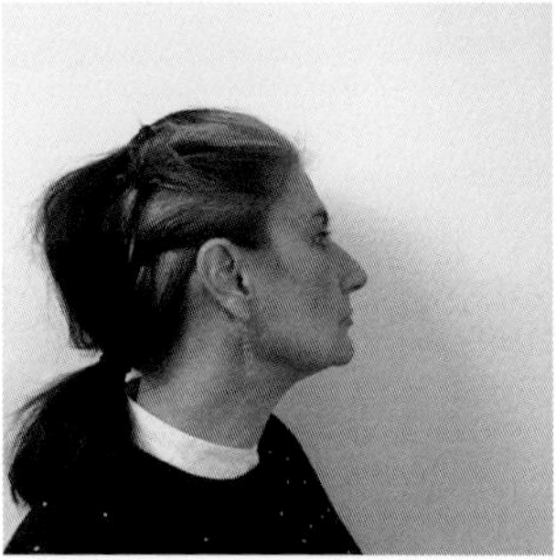

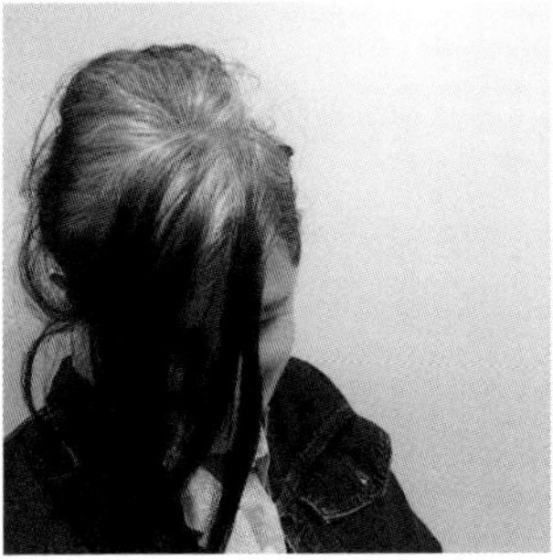

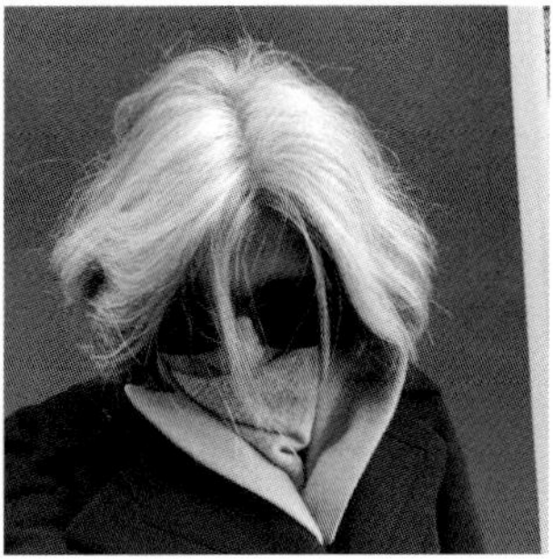

avaient rempli le cendrier avec les citrons de leur Perrier. Les glaçons finissaient de fondre à leurs pieds.

Je demandai :

« Pourquoi les gens prennent du Perrier citron, s'ils n'aiment pas le citron ?

— Vaste question. On en connaît d'autres qui se prennent la tête…

— Ou alors, en cuisine, ils mettent le citron d'office ?

— Peut-être.

— Mais pourquoi ? C'est idiot ! »

Elle me laissa dans mes réflexions, s'immergea dans les réseaux sociaux de son téléphone. Je continuai sans conviction à parler, elle ne répondait plus si je posais une question, je me tus autant qu'elle. Elle m'avait dit un jour que, ce qu'il y avait de merveilleux avec les vrais amis, c'est qu'on pouvait se passer de leur parler. Alors, on ne fit plus rien d'autre qu'éplucher la rue en silence.

Alors, enfin, je pus voir ce dont parlait mon amie.

Celles à droite, les trois, bien sûr qu'elles étaient teintes. Les mèches réhausseuses de couleur miroitaient dans le soir, prenaient en transparence des reflets fauves, orangés, un automne dans cette soirée de mai. Et les deux à gauche, c'était pareil. À l'une on devinait le début des racines, au sommet de son crâne. Dès qu'elle aurait moins de travail, elle se débarrasserait sans doute de cette imperfection. Et, derrière moi, les autres, jusque-là ignorées, idem, des camouflées, et j'écris cela sans juger, chacun fait ce qu'il peut pour « s'y retrouver », comme on dit. Rester comme avant, comme toujours. Oh oui, je les voyais, toutes ces femmes. Et dans la rue les passantes, celle-là, recolorée comme un vieux film, au bras d'un homme, peut-être justement grâce à ces artifices. Et celle-ci, la minirobe rendue crédible par le manège des pigments qui me sautaient aux yeux. Seigneur, combien se vendait-il de kits de teinture dans le monde ?! Et cette chiffonnée, la poussette au bout des bras, un enfant sur le tard, les traits fatigués qui me faisaient l'aimer, elle, pourtant une inconnue. Elle avait mis de la teinture sur sa tête, en soutien. Elle avait cette unique coquetterie, bouleversante.

Les femmes. Ah, ce n'est plus que je les voyais, c'est qu'elles existaient ! Je n'étais pas une héroïne, j'étais juste le revers, mais éclatant et prometteur, d'une médaille.

« T'as raison, y en a plein…

— Je t'avais dit.

— Elles le cachent bien.

— Bah, tu trouves ? Ça ne trompe personne, non ? On est toutes dans le même bain. C'est pour ça, tu m'énerves à vouloir en tirer une quelconque gloire.

— Admets que ce n'est pas pareil, de montrer ce que les autres cachent. Et c'est ce que je fais.

— Ça se joue à un cheveu.

— Aaahahahhaah ! Mais c'est un cheveu qui compte !

— Ou pas.

— Si, ça compte.

— Tu t'es toujours donné beaucoup d'importance. Tu es comme les autres, et c'est tout. »

Puis, plus bas :

« Non, tu n'es pas comme les autres. Toi, je t'aime. »

Paris, mi-mai.

Hilarité. Il était président de la République, tout de même. Et depuis trois ans, aussi honnête qu'il soit, il faisait débourser à l'État 9 895 euros bruts par mois en frais de coiffure. Était-ce choquant ? Bah, oui. C'était surtout qu'il était si mal coiffé, au bout du compte. Son plus grand adversaire politique, qu'on avait fait réagir sur cette ruineuse manutention capillaire, avait ironisé dans les journaux. À la question : « Que pensez-vous d'un coiffeur payé 9 895 euros par mois, et par le contribuable ? », il avait répondu : « Ce doit être un bon coiffeur ! »

L'infortuné président avait été obligé de s'expliquer. Ça le dégoûtait d'avoir à se justifier. Non, il ne jetait pas l'argent par les fenêtres : « On peut me faire tous les reproches, mais pas celui-là », avait-il réglé. En arrivant à ce poste, il avait réduit son salaire, étranglé les budgets liés à sa fonction. C'était vrai, on pouvait vérifier. Il n'était pas un dépensier. Il n'avait que ce coiffeur payé un prix exorbitant. À sa barbe, en plus. On racontait qu'il était devenu fou en apprenant combien lui coûtait son unique caprice. C'est qu'il n'en avait pas la moindre idée, en fait.

La fragilité narcissique vous mettait dans une situation ridicule.

Et d'abord, que lui faisait-il, au juste, ce coiffeur ? Interrogé, ce dernier avait justifié son salaire : il était disponible vingt-quatre heures sur vingt-quatre. C'est bien simple, il n'avait plus de vie de famille. C'était à ce point. Il l'avait expliqué à qui voulait l'entendre. De quelle mission si délicate pouvait-il bien s'agir, qu'elle demandât ainsi des soins constants ?

Le peuple de France fit marcher son imagination.

Le président était parfois trop brun. Ça « charbonnait », comme disent les coiffeurs.

Le peuple de France fit marcher son bon sens : le président se faisait des teintures.

Sur certaines photos, on lui voyait des fils d'argent.

« Ça dépend de la lumière », soutenait l'entourage.

« Ça dépend surtout du coiffeur, ouais ! » blaguait en privé son adversaire politique.

Dès qu'il en avait l'occasion, le président niait se teindre les cheveux. Il jugeait le sujet, en plus, dérisoire. N'y avait-il pas plus important que cette question capillaire ? Il évita le sujet autant qu'il le put. Il avait tort. Le vieillissement soulevait la question passionnante d'un diktat planétaire, d'une tyrannie du jeunisme. Le président aurait été bien inspiré d'oser évoquer ce point. Il aurait ému, sans doute. Cela avait quelque chose de si fédérateur. Des cheveux, on en a tous. Et qui tombent ou grisonnent, un jour. Il aurait pu rejoindre ses électeurs, voire ses détracteurs, de cette manière. Un point de rencontre universel se présentait à lui de manière inespérée.

Il ne prit pas la balle au bond. Quel dommage ! L'évitement de ce sujet ressembla à une faute politique. À un mensonge, venu de lui, l'homme honnête qui n'aimait pas en faire.

Là-bas, de l'autre côté de l'Atlantique, le président des États-Unis d'Amérique, Barack Obama, premier président noir de l'histoire des États-Unis, grisonnait à vue d'œil. Il avait dit avec humour : « C'est l'effet Maison-Blanche ! » Et cela menait l'humour si loin, et cela menait la vérité si loin.

Et le nôtre, là, avec ses frais de coiffure.

Fin mai. Londres. Inattendue journée de canicule.

Le bureau surchauffé. Le soleil, en tapant sur la verrière, rendait les chaises incandescentes, on devait les toucher avec précaution.

On s'était repliés vers un coin d'ombre.

Celui au centre : à vingt-six ans, un petit génie. Il avait eu l'intuition géniale d'une nouvelle manière de s'enrichir : la *gladuity*. Ça venait de *glad* (« heureux ») et *gratuity* (« gratuité »). Il demandait à de grands graphistes, stylistes, designers, d'offrir une de leurs idées à des gens qui n'en avaient pas. On l'avait pris pour un fou. À présent, sa start-up était florissante. Il avait créé ce qui valait de l'or en ces temps : un nouveau modèle économique. En faisant la fortune d'un autre que soi, on s'enrichissait, car on se gagnait le monde. Votre e-réputation vous apportait des clients.

Le petit génie gardait son bonnet sur la tête dans cette étuve. Il faut dire, le bonnet était beau, vert prairie, assorti au pantalon de jogging.

J’en étais à le trouver ultra-moderne quand, désignant le *Daily Mail* posé devant nous sur la table basse, il s’exclama :

« *Shocking !* »

On se pencha vers le journal. Il était ouvert sur un portrait de Kate Middleton, princesse de Galles. Une photo, même pas volée, la montrait avec des racines grises, dans une cérémonie officielle qui avait eu lieu la veille.

« Qu’est-ce qui vous dérange, là-dedans ? lui demandai-je.

— Elle a trente-trois ans ! C’est une jeune mère !

— Elle n’a plus vingt ans, c’est la vie. »

Il prit le temps d’y réfléchir, d’autant qu’il voyait sur ma propre tête ces fichus signes du temps. Il précisa :

« Elle, elle a un rang à tenir.

— La reine elle-même a les cheveux blancs.

— La reine a huit cent sept ans !

— Il faut bien que ça commence, un jour…

— Le plus tard possible.

— Pourquoi ? »

Alors, il oublia toute politesse, se replia plutôt sur un dédain ancestral, aristocratique, que le bonnet et l’extrême modernité étaient parvenus jusque-là à dissimuler :

« Vous ne pouvez hélas pas comprendre.

— Ah oui ? Et pourquoi ?

— Vous… vous n’êtes pas princesse. Personne ne vous prend pour exemple, vous. »

On me l’avait dit que les pairs du royaume pouvaient se montrer d’un mépris souverain.

« Jeune homme, une princesse moderne pourrait servir à ça. À oser ce que les autres n'osent pas.

— Non.

— Eh si…

— Il y a beaucoup de choses qu'une princesse ne peut pas faire. Elle le savait en prenant le job.

— Elle pourrait justement, elle, imposer quelque chose.

— Évidemment que non.

— Le duc de Windsor, lui, a inventé le mariage avec une divorcée.

— Il a dû renoncer au trône.

— N'empêche qu'il l'a fait.

— Vous n'allez pas porter au pinacle ce fasciste infréquentable ?

— Je n'insiste pas.

— De grâce. »

Je n'espérais pas l'emporter sur des siècles de morgue. D'autant que, si cette roguerie avait survécu chez lui, malgré sa jeunesse et sa modernité, c'est qu'il y tenait plus que tout. À un moment, il faisait si chaud, il ne put y tenir, il retira le bonnet.

Il était dégarni. Comme le prince William.

Début juin.

La petite fille à l'épicerie, rue Saint-Honoré, me montrant du doigt à sa maman. La mère gourmanda aussitôt sa môme, et dirigea vers moi un sourire navré. Nous savions tous les trois ce que la gosse voulait faire voir à sa mère : mes cheveux de sorcière.

Cette mère était confuse, elle avait sans doute appris à sa fille qu'on ne se moque pas des gens, pas des différences et encore moins des infirmités.

« Vous savez comment sont les enfants…

— Mais oui, madame, ne vous inquiétez pas. »

Et, me penchant vers la gosse :

« Tu connais Cruella ? »

La gosse ôta subitement les doigts de sa bouche. Elle les brandit dans l'air, pleins de bave :

« T'es pas Cruella ! »

La mère :

« Non, bien sûr, ma chérie, il n'y a aucune raison d'avoir peur.

— C'est pas du tout du tout Cruella !!!

— Non, ne crie pas, il n'y…

— C'est princesse Kida ! »

Ses yeux brillaient d'extase.

Je demandai à la gosse adorable :

« Qui est princesse Kida ?

— Excusez-la, dit la mère. C'est un dessin animé de Disney. »

La gosse n'osait pas avancer son corps miniature, alors c'est plutôt sa grosse tête qu'elle propulsa vers moi :

— Kida, elle vient d'Atlantis. Elle a huit mille huit cents ans.

— Ça fait pas jeune !

— Elle vieillit pas. C'est pour ça qu'elle a les cheveux blancs.

— Parce qu'elle ne vieillit pas ?

— Nan ! Parce qu'elle a huit mille huit cents ans.

— Et elle est sympathique, cette Kida ?

— Très. Elle sait se bagarrer mais elle est généreuse. Tu sais te battre ?

— Oui. »

Il me sembla qu'une dernière question pouvait être posée à cette petite fille :

« Tu voudrais être princesse Kida ?

— Oh oui ! »

Mi-juin. Station de métro Blanche. Paris.

Ils étaient deux, vautrés sur leur siège. Les énormes baskets, qu'on aurait crues indépendantes de leurs pieds, presque posées devant eux. Des écouteurs tout aussi gros posés sur leurs oreilles.

Il y eut une confusion : moi, j'admirais leur décontraction mais, eux, ils se sentirent pris sur le fait. L'un d'eux se leva d'un bond pour me céder sa place. Il eut un ample geste de gentleman pour me désigner le siège aux vilaines couleurs, libéré et offert. Et ce qu'il tâchait d'exprimer était limpide. Oui, il était gauche, bien élevé pourtant : il cédait sa place à une personne âgée.

Je m'assis donc à côté de son ami, qui ne savait plus quoi faire, en la circonstance. Il me jeta un coup d'œil, et voici qu'ils échangèrent quelques vives paroles, dans un sabir connu d'eux seuls, pensaient-ils, mais auquel je compris tout. Celui assis faisait remarquer que je n'étais pas si vieille, et l'autre, ses deux mains, en papillonnant, clamaient, en quelque sorte : « Et comment j'aurais pu deviner, moi, avec ces cheveux blancs, que ce n'était pas une aïeule ?! T'en as d' bonnes ! » Celui assis à mes côtés pleurait de rire : l'autre s'était levé pour rien, en somme !

C'était trop tard, ma foi, la place, je l'avais. Je m'y vautrais moi aussi, un sourire démoniaque aux lèvres, les considérant l'un et l'autre, à tour de rôle.

« Vous êtes souvent galants, comme ça ? »

Et celui debout :

« Bah oui. Normal.

— Et aux hommes aux cheveux blancs, vous cédez la place ?

— Euh… oui… seulement quand ils sont super-vieux, dit l'un.

— Ceux avec une canne, dit l'autre.

— Ceux avec des taches sur les mains.

— Ceux avec deux barres dans la nuque, tout maigres, reprit l'autre.

Et moi :

« Et les chauves ? »

Là, ils éclatèrent de rire.

« Ah non, pas les chauves ! Ça pas poss' ! Ah ben sinon on n'arrête plus ! »

Celui debout :

« Ou alors les chauves très vieux.

— Quand ils peuvent plus marcher. »

On arrivait à la station Iéna, je descendais là.

« Au r'voir, les gars !

— Au r'voir m'dame !

— Madame ?

— Euh… mademoiselle ?

— Mieux. »

Paris. Début juillet.

Elle m'avait bondi dessus, dans le Monoprix, j'étais en train de choisir un chorizo. J'avais incliné la tête et croisé ses yeux d'or.

« Vous trouver là ! »

Je souris, l'air le plus humble et distant possible. Ma modeste notoriété aidant, j'étais de plus en plus souvent accostée dans la rue par des inconnus. J'avais appris à me protéger, on ne pouvait faire autrement.

« Vous vous souvenez de moi ? »

Je tenais un chorizo entier à la main, comme un gourdin. Elle y jeta un coup d'œil, ça ne sembla pas trop l'impressionner !

« Regardez mes cheveux ! » s'exclama-t-elle.

Elle les portait longs, la raie au milieu. Ils étaient blancs autour du visage sur quelques centimètres.

Je ne comprenais toujours pas. Elle m'éclaira :

« Je n'ai plus jamais teint depuis ce jour où nous vous avons croisée, mon compagnon et moi. Je n'avais pas donné ma parole mais, vous voyez, j'ai tenu parole… »

Comme elle était radieuse, au milieu des tristes rayonnages. Alors, je la reconnus.

« Vous êtes la femme… de l'avenue de l'Opéra ?

— Oui ! On vous avait arrêtée, vous vous rappelez ?!

— Oui.

— Il m'avait poussée à le faire. Il disait : "Qu'est-ce que tu risques ?!"

— Il va bien ?

— Oui ! »

Elle l'avait fait, bon sang. Elle posa la main sur mon épaule :

« Vous aviez été adorable. Vous m'aviez donné du courage.

— Alors, dites-moi, en faut-il beaucoup ?!

— Même pas ! Tout le monde me dit que c'est mieux qu'avant. Tout le monde dit que je renais. Comment j'ai pu supporter ces années de teinture ? Dites-le aux autres que j'ai quatre-vingts ans et que, désormais, je suis cent fois plus belle que quand j'étais jeune ! Je m'appelle Marie. »

Post Insta. Photo de Marie, dans le Monoprix.

J'avais écrit :

« En octobre dernier, je la croise avenue de l'Opéra, à Paris. Je ne la connais pas. Marie a alors les cheveux très noirs et me demande où j'ai puisé l'audace de laisser vivre mes cheveux blancs. Son compagnon, en retrait, sourit. Je me souviens de les avoir postés, à l'époque, c'est quelque part sur mon Instagram, sous le hashtag #uneapparitionsophiefontanel, si on remonte le fil. Je la retrouve ce matin au Monoprix. Fière. Et regardez pourquoi. »

Parmi les commentaires :

« J’espère être aussi radieuse à quatre-vingts ans ! Elle est magnifiquement belle. »

« Quand on ne peut plus se voir en teinture. »

« Je me rappelle tellement votre post sur cette belle dame, c’est dingue que vous l’ayez recroisée. »

« Je la reconnais, elle a l’air rayonnante ! »

Et le plus merveilleux : le fils même de Marie tomba par hasard sur ce post (le monde est petit).

« Marie vient de m’appeler, elle était ravie de vous retrouver. Merci pour ça. »

Rihanna dans la boutique Colette, rue Saint-Honoré à Paris. La voiture, noire, s'était arrêtée. Deux cents personnes avaient surgi dans la rue en un instant. Des badauds aussi bien que des paparazzi. Rihanna en bleu ciel. Les ongles vermillon. Une queue-de-cheval bien haute. Elle était entrée chez Colette, et même le bruit autour d'elle on aurait dit du silence, les souffles retenus.

Quelqu'un avait bien osé crier : « Rihanna ! » Ah, cette initiative avait résonné comme une impolitesse, aussi parce que la jeune femme avait une réserve. Un charisme. Une aura partait d'elle, comme vaporisée, et nous tenait à distance. En la voyant, on comprenait qu'elle soit cette si grande star.

Le hasard faisait que j'étais là, à l'intérieur, en train de bavarder avec une jeune vendeuse. Elle n'avait pas trente ans. Nous avions sympathisé il y a quelques mois, à cause de ses cheveux qu'elle avait teints en blanc, un temps. Maintenant elle les portait courts. Elle avait dû couper, ça tombait. « Je les récoltais par poignées dans les mains le matin », elle m'avait dit.

Rihanna à deux mètres de nous. Et la jeune vendeuse :

« Tu te rappelles, quand Rihanna aussi avait les cheveux blancs… ?

— Non.

— Elle les avait teints, comme moi.

— C'était quand ?

— Je sais plus. Y a deux ans, peut-être… »

Rihanna passa devant nous à cet instant. Je demandai à la jeune vendeuse :

« Pourquoi voulais-tu les cheveux blancs, toi, au fait ?

— Je trouvais que c'était original. Je voulais me faire remarquer. »

Dans la rue, quelque deux cents personnes appuyaient leurs mains sur les vitrines de Colette, contemplaient Rihanna.

Et moi à la vendeuse :

« Dans ton cas, je comprends : tu voulais sortir du lot. Mais Rihanna, pourquoi elle l'a fait, à ton avis ? Quand on a une si immense popularité, on n'a pas besoin de se distinguer davantage. Elle est déjà tellement remarquable. Regarde ce qu'un dieu lui a accordé, en plus de ce qu'elle a construit après par son talent et sa liberté. Et en si peu d'années, si on fait le calcul. Qu'est-ce qu'elle pouvait bien trouver comme intérêt à avoir les cheveux blancs ?

— Ce serait vraiment le moment de lui poser la question, pour une fois qu'elle est à portée de voix. »

La même délicatesse qui retenait les gens dans la rue nous empêchait d'aborder la femme dont, en allongeant le bras, j'aurais pu toucher l'épaule.

« C'est impossible, d'aller à sa rencontre.

— Pourquoi ?

— Elle est bien trop belle.

— Ça, oui. »

Car il n'y avait rien d'autre à dire.

Il me vint une idée :

« Tu crois qu'elle s'était teinte en blanc pour s'enlaidir ? Comme une provocation. Pour emmerder le monde. »

La vendeuse posa sur moi ses yeux pleins de mansuétude.

« Qu'est-ce que j'ai dit de si terrible ?!

— Je ne crois pas que Rihanna ait jamais eu la moindre intention d'abîmer sa beauté. Au contraire. Tu vois bien qu'elle lui voue un culte. Rihanna, sois-en certaine, avait teint ses cheveux en blanc parce qu'elle trouvait ça splendide.

— Ah oui ?… »

Elle continuait de me dévisager.

« … mais elle n'a pas continué.

— Parce qu'elle ne pouvait pas, sans doute. »

Naïvement, qu'il existe en ce monde une chose que Rihanna ne puisse pas faire me sembla peu probable.

« Elle peut tout se permettre, tu le sais bien.

— Oui, mais pas ça. Ou seulement une fois de temps en temps. Quand les cheveux sont teints en blanc, la couleur s'oxyde à toute vitesse, ça devient jaune, parfois même un peu vert. Un sale vert. Il faut sans cesse ajouter du blanc, et les produits que l'on emploie esquintent les fibres. Moi, ça finissait par me brûler le cuir chevelu. C'est pour ça que j'ai dû renoncer. Et Rihanna, c'est pareil. Si elle veut des cheveux blancs pour longtemps, elle devra attendre d'en avoir. Dans quarante ans, peut-être. Ce sera d'ailleurs sublime. »

Mi-juillet. Je tapai « White hair » sur Google, « Recherche image ». Des milliers de jeunes femmes, dans le monde entier, les cheveux teints en blanc, en gris, parfois en blanc et rose, blanc et bleu ciel. Certaines, c'étaient des arcs-en-ciel.

Des photos de Rihanna : des balises.

Des models racontaient comment elles étaient passées de l'anonymat à la notoriété, rien que par cet argenté artificiel.

Un jeune mannequin, Lucky Blue Smith, seize ans, était en train d'acquérir la gloire d'une rock star, par ce point de distinction constitué de toutes pièces : un toupet de neige sur la tête.

La scène asiatique alternative conjurait l'uniformité capillaire en expérimentant les variantes de gris.

Une Chinoise disait : « J'aime les cheveux blancs parce que c'est intimidant. »

Il y avait des « *Do & don't* ».

Il y avait des « *Do it yourself* ». Faites-le vous-même.

Il y avait des « *I did it !* ». Je l'ai fait.

Un peuple jeune et teint envahissait le monde.

J'y passais des heures, à sauter d'un mutant à un autre.

Le hashtag #grannyhair, rien que sur Instagram : 200 000 occurrences. #whitehair : 500 000. #greyhair : 600 000.

En continuant, je tombai sur eBay.

La figurine à vendre. Mise à prix : 20 dollars. Elle s'appelait « White Hair Princess ». La princesse aux cheveux blancs. Elle portait une robe orange et tenait un parapluie bleu ciel. Un internaute avait laissé un commentaire comme quoi ce n'était pas une véritable princesse, au cas où on en aurait douté. En réalité, si on lisait ce qui était écrit en caractères plus petits dans l'onglet « descriptif », c'était une « French Victorian Lady Belle Umbrella ». Série limitée Spécial Plus. Dans l'onglet « historique », un court texte justifiait l'existence même de la poupée : il était important d'inciter les enfants à explorer de nouveaux mondes, tout en s'amusant. Si elle avait les cheveux blancs, qu'on se rassure : comme tous les Playmobil, elle pouvait plier les jambes, s'asseoir et tourner la tête. On pouvait la combiner avec les autres Playmobil existants. Elle pouvait s'intégrer.

Il était possible de l'acquérir par PayPal, Visa, MasterCard, American Express et Discover.

Juste pour voir, je suivis les enchères. Elles montèrent en un temps record.

La poupée partit pour si cher, que j'en fus personnellement honorée.

Vol Paris-New York.

J'avais choisi *Certains l'aiment chaud*. Marilyn longeait le train sur le quai de la gare : aussi bien pour Jack Lemmon et Tony Curtis que pour le spectateur, elle était une apparition. Ses boucles peroxydées sortaient d'un chapeau cloche. Sa façon de marcher, un dandinement exquis.

Ses cheveux, blond platine. Cette teinte avait symbolisé la féminité à Hollywood.

Mais, au fait, qu'est-ce qui nous faisait dire qu'ils étaient blonds, ces cheveux ? Infime était la différence entre le blond et le blanc, dans un film en noir et blanc. Seule la jeunesse de l'actrice nous faisait opter pour une teinte plutôt que pour une autre. Quoi qu'il en soit, tout le monde trouvait ça beau.

Et finalement, je pensai, vraiment heureuse : « Ce n'est pas tant que mes cheveux deviennent à la mode, c'est qu'ils l'ont toujours été. Sauf que c'était de manière inconsciente ! Sans qu'on s'en doute… »

« Tu vas être une blonde étrange », m'avait prédit mon amie Arielle, un soir dans la rue.

L'extravagante prophétie masquait une vérité.

Eh, j'étais Marilyn Monroe !

Cela me rendit euphorique.

J'aurais voulu m'en ouvrir à mon voisin, sur le siège à côté. Il somnolait, hélas. Il les avait bien gris, lui aussi, les cheveux. Et trop fins. Et du ventre, et même des seins. Ça ne l'avait pas empêché de m'ignorer cordialement, après un rapide et funeste coup d'œil à ma chevelure. Il avait vu quelle piètre partenaire j'allais faire. J'avais lu dans ses yeux que je n'étais pas assez jeune pour l'intéresser.

Mais là, maintenant que j'étais si blonde, maintenant que j'étais Marilyn Monroe, j'eus l'idée de me pencher sur lui. Quelque chose m'amusait dans cette action irréfléchie, déraisonnable. J'avais soudain l'audace d'une créature hollywoodienne.

Mes cheveux lui frôlaient le front, les tempes.

Non, je n'avais rien à faire aussi près de son visage.

Même s'il dormait, il se sentit observé : il ouvrit un œil.

« Pardon, je vous envahis…, lui dis-je.

— Pas du tout. »

Chacun sait que « pas du tout » est la formule des hommes pour se défaire d'une situation embarrassante.

« Je suis venue trop près, c'est absurde. »

Je fis mine de m'éloigner.

Mais Marilyn Monroe a tous les culots, et je me penchai une nouvelle fois et très subitement vers lui, en poussant un petit cri :

« Bouh ! »

Il me regarda, horrifié.

Je me remis sur mon siège. Ajoutant, satisfaite, en lui glissant un sourire filou :

« J'aime bien faire des blagues de blonde. »

Hélas, il n'avait pas d'humour.

Quand j'étais gosse, on diffusait encore beaucoup de films en noir et blanc à la télévision. Nul n'aurait songé à mettre en doute la beauté des stars féminines. Le destin les avait placées là, au firmament hollywoodien.

Je me souviens d'un film dans lequel jouait l'actrice Jean Harlow. Elle avait été une divinité des années trente, blonde platine. Plus tard, Marilyn la prendrait pour modèle, et tenterait de lui ressembler en se décolorant les cheveux.

Et je me souviens que nous regardions ce film, un soir, mon père, ma mère, mon frère et moi, disséminés dans notre salon.

Et je me souviens que lui, c'était Clark Gable, et qu'il était digne de vénération, puisque ma mère ne pouvait prononcer son nom sans un spasme en se renversant, les pupilles en arrière, sur le sofa du salon.

Bref, ce soir-là, nous étions devant ce film.

Clark Gable jouait un mauvais garçon, il vivait dans un bouge. Jean Harlow, elle, c'était une fille perdue. Qu'est-ce que j'en savais, moi, de la perdition, à dix ans ? Quoi qu'il en soit, le film me passionnait. Ces deux-là se déchiraient. J'aimais déjà, enfant, que l'amour soit contrarié.

Et je me souviens de cette scène : Jean Harlow beurrait des tartines, vêtue d'une robe de satin peut-être ivoire, avec de la fourrure blanche au bout des manches. Ça me fascinait. Si elle venait à se salir ? En plus elle vivait dans ce bouge.

Elle avait cette chevelure immaculée. Irréelle et splendide.

En beurrant ses tartines, elle remarquait que Clark Gable se réfugiait à nouveau dans l'alcool. Ça la désespérait. Elle avait un cœur d'or, elle lui tendait une tranche de pain, en lui conseillant de ne pas boire le ventre vide. Bien entendu, en disant cela, elle voulait lui conseiller de ne pas boire du tout. Ma mère, mon père, mon frère et moi, nous le savions. Clark Gable lui-même le savait, d'ailleurs. Voilà bien pourquoi il la rembarrait si durement. C'était Clark Gable après tout, il lui disait :

« T'as peur de quoi, de te faire des cheveux blancs à cause de moi ?! »

Jean Harlow se sentait mal. Clark Gable n'allait guère mieux. Il avait beau la rudoyer, tout était de sa faute à lui.

Je demandai à mes parents :

« Mais parce que, si elle a les cheveux blancs, c'est à cause de lui ? »

Et ma mère :

« De quels cheveux blancs parles-tu, ma chérie ?

— Là ! »

Je dus me lever pour les leur montrer, sur la tête de Jean Harlow !

Comme je devais avoir l'air comique, tournée vers eux, un doigt sur le poste de télévision.

« Mais ce n'est pas blanc, Sophie, voyons, c'est blond ! dit ma mère.

— Ben si, c'est blanc !

— Non, c'est blond. Tu le vois blanc parce que le film n'est pas en couleurs.

— Alors comment sais-tu que c'est blond, toi, si c'est pas en couleurs ?

— Mais parce que tu vois bien qu'elle est jeune… »

Et mon frère ajouta :

« Tu crois quand même pas que Clark Gable va tomber amoureux d'une femme aux cheveux blancs ! Tu vis sur quelle planète ?! »

New York.

J'accompagnais un ami new-yorkais au vernissage d'un célèbre photographe. Le surnom de ce grand artiste, c'était Gus. Âgé, à présent. Il venait de le rappeler, tandis que mon ami nous présentait l'un à l'autre, et que nous le félicitions sur la modernité de son travail.

« Je suis vieux, je suis une antiquité. »

Avant de se reprendre :

« Ma femme va me houspiller, elle m'interdit ce mot : "vieux". On en a un autre, à la place.

— Ah bon, lequel ? demanda quelqu'un.

— "Vivant".

— Votre femme m'enchante ! osai-je, à cet homme que je connaissais pas. »

Quand il me vit si familière avec le grand homme, mon ami me tira par le bras.

« Viens, on se casse… »

Il avait peur pour moi. Gus était célèbre, et la star de la soirée, et réputé pas forcément tendre avec le genre humain. Pas du genre à se mettre à tu et à toi avec le commun des mortels.

On s'apprêtait donc à « dégager de là », quand Gus m'interpella :

« Puisqu'on a parlé de ma femme, il faut que je vous la présente ! »

Et d'appeler :

« Ingrid ! Ingrid ! »

Et Ingrid de venir, les cheveux aussi blancs que les miens, à ce détail près : les siens lui descendaient au milieu des reins.

Elle avait le type nordique, comme lui. Des yeux bleus translucides.

« Cette femme est de ton club ! » lança-t-il à la sienne, d'un ton enjoué.

Mon ami était soufflé.

La femme avait sans doute été model. Élancée encore, malgré les années. L'architecture parfaite de son visage donnait le frisson.

« Je disais à votre mari combien j'aimais votre idée de dire "vivant" au lieu de dire "vieux".

— Ah mais oui, je lui fais la guerre ; il peut se révéler un tantinet pénible avec la notion du temps. Il la perd. »

Lui objecta :

« Je ne la perds pas. Le temps passe. »

Elle le désigna du plat de la main :

« Regardez, il recommence ! On n'a que quinze ans de différence d'âge !

— C'est un fou ! »

Voilà comment on se retrouva invités au dîner après le vernissage, mon ami et moi. Il y avait chez Gus, une fois passé la froideur initiale, une bonhomie si limpide qu'on en aurait presque oublié sa gloire. Quelques éléments venaient la remettre sur le tapis, par exemple ses boutons de manchettes, des boules d'or énormes. Des choses qu'il s'autorisait, parce qu'il était célèbre.

« C'est beau, ces boutons de manchettes…, fis-je remarquer.

— Ce sont des boucles d'oreilles de ma femme.

— On dirait pas.

— Andy Warhol faisait la même chose.

— Avec les boucles d'oreilles de sa femme, vous voulez dire ?! »

Il me gratifia d'une bourrade :

« Vous m'êtes sympathique. »

Plus tard, la femme s'était mise avec moi à l'écart. Seigneur qu'elle était belle ! Maintenant je réalisais que c'était elle sur la plupart des photos de l'exposition. Quand elle était jeune et avait les cheveux blonds.

« Je vois que vous gardez vos cheveux blancs… c'est intéressant le bicolore. J'aime assez…

— C'est provisoire. Je voudrais les avoir longs, comme vous, après. Mais il faut en passer par cette période intermédiaire…

— Je ne me rends pas compte… je n'ai jamais teint, moi. Gus aurait détesté que je me rafistole.

— J'aime bien qu'un homme pense de cette manière.

— Oui ! Mais c'est faussé, il ne faut jamais oublier qu'il est photographe.

— En quoi est-ce que ça joue ?

— Eh bien, disons que pour lui, l'essentiel, c'est la lumière. Le blanc sur la tête en ramène beaucoup.

— C'est vrai.

— Il est obsédé par les halos.

— Et vous ?

— Je n'y pense pas trop. Parfois, je me croise sans un miroir, dans la rue, par hasard, et je me demande si ça ne fait pas un peu vieux, mais je me raisonne.

— Ça ne fait pas vieux du tout.

— Ah ?

— Ingrid, voyons, ça fait vivant. »

Elle mit la main devant sa bouche, frappée par ma remarque.

« Et moi qui lui donne des leçons… »

Gus, le lendemain, à la galerie. Il me faisait visiter. Il évoluait au milieu des créatures qu'il avait jadis immortalisées sur papier glacé. On allait de l'une à l'autre.

Quand une photo représentait Ingrid, il se contentait d'annoncer :

« Bon, tu la reconnais. »

On retrouvait l'ossature, une allure d'Ingrid.

Quand c'était un autre model, il prononçait son prénom tendrement. Ulrika, Van, Steffie, Yoyo…

Pour certaines :

« La pauvrette, elle est morte. »

S'arrêta devant une photo : 1968. Il avait coiffé un model d'une perruque de plume immaculée, lequel avait la peau noire.

Moi :

« Que c'est beau, ce contraste. C'est sublime.

— Tu es déjà allée en Mauritanie ?

— Non.

— Désormais on ne peut plus trop y aller, je crois…

— C'était en Mauritanie, ces photos ?

— Oui. J'avais eu l'idée, tu sais, parce que là-bas les hommes s'habillent en blanc, en bleu ciel. Ce blanc sur leur peau noire, c'est à crever de beauté. Et là-bas les vieillards ont des cheveux blancs, c'est comme une écume phosphorescente sur leur tête. Je n'ai jamais vu de gens plus beaux que les Mauritaniens. »

Puis, passant du coq à l'âne :

« Tu as vu qu'au Kenya, il y a ce débat sur les perruques blanches dans la magistrature ?

— Euh, non.

— On se demande si ça a encore lieu d'être, à notre époque. Ils rendent la justice en perruque, comme en Angleterre. Leurs perruques sont exactement les mêmes que celles de la Chambre des lords. Certains se battent pour se débarrasser de coutumes qui n'ont plus lieu d'être, et symbolisent la suprématie blanche et coloniale. D'autres s'y attachent, va savoir pourquoi.

— Tu es un puits de culture, Gus…

— Simplement parce que je suis si vivant, tu comprends ! »

À un moment, je lui demandai :

« Tu as exposé très peu de photos en couleurs, pourquoi ?

— Jadis, dès qu'on le pouvait, on shootait tout en noir et blanc. Il fallait l'autorisation, parce que la couleur rendait tout le monde fou d'excitation. Mais nous, les photographes, on trouvait hideuses les couleurs des vêtements vendus dans le commerce. Le noir et blanc limitait les dégâts. On travaillait les contrastes.

Une autre photo : 1964. Il avait ajouté des fichus blancs sur la tête des models.

« On s'est inspirés des coiffes des nurses, mais avec un côté Jackie Kennedy… elle portait des petits bibis en batiste jusqu'en 1963. C'est devenu noir après la mort du président. Le temps du deuil, bien sûr… après, elle a porté des couleurs vives… »

1972 : portrait de l'artiste Georgia O'Keeffe, les cheveux défaits, de l'albâtre, de part et d'autre d'un visage presque de marin, buriné.

« Elle avait soixante-quatorze ans. L'âge que j'ai aujourd'hui. »

Ça le laissait songeur.

« Elle a presque une peau de Sioux, je fis remarquer.

— J'avais dû forcer sur les contrastes. J'en suis navré, maintenant que le temps a passé. Son visage, en réalité, était d'une douceur, ah… comme les fleurs qu'elle peignait. Elle tempérait sa puissance par un sourire permanent. Elle calmait le jeu. Le résultat, c'est que cette photo est célèbre, mais moi je regrette de l'avoir faite.

— Pourquoi ?

— Elle renvoie une fausse image de Georgia. Je ne rends pas hommage à sa sensualité.

— Elle avait aimé cette photo ?

— Moyen. Elle l'avait validée à contre-cœur.

— Et pourquoi avoir choisi ce cliché plutôt qu'un autre, alors ?

— On était soumis à des normes, je ne vais pas feindre d'ignorer que nous ne sommes qu'un ramassis d'a priori. Dès qu'une femme avait un certain âge, je devenais obsédé par ces marques du temps, je voulais les montrer. Dieu que ces préjugés me semblent infondés, avec le temps. Nous avions aussi une contrainte : j'aimais utiliser la lumière naturelle. Or, le problème avec les cheveux blancs, c'est qu'ils captent trop bien la lumière. Si on ne prend pas la précaution de privilégier des éclairages indirects, on aboutit vite à une image surexposée. La chevelure sort en auréole, avec souvent des rayons qui s'en échappent. On voit ce phénomène sur la tête d'Andy Warhol. C'est divin, mais problématique à maîtriser. C'est pour ça qu'on est obligé de forcer les contrastes : pour redonner de la matière aux cheveux. Et, hélas, en forçant les contrastes, on les impose sur l'épiderme. Les rides se voient davantage. Ce n'est pas flatteur.

— Andy Warhol, il n'était pas blond platine ?

— Non. Il a été brun, jeune. Et puis blond, très peu de temps. Et blanc, la majeure partie de sa vie. Des perruques.

— Ce n'étaient pas ses cheveux ?

— Non. Y a un documentaire là-dessus, je vais t'envoyer le lien. »

New York.

5 h 10. Il faisait nuit. La fameuse « pleine forme » du jet lag.

Un lien, c'était bien ce que Gus m'avait envoyé. Quelque chose qui immédiatement me relia au monde.

Le site s'appelait *hairisforpulling*. Ça signifiait : « Les cheveux sont faits pour être tirés ».

Le post : « *Andy Warhol's Wig: a defining art objet* ». *Wig*. La perruque. La perruque d'Andy Warhol. Et le reste. Un objet (la perruque), de l'art (Andy Warhol), et une manière de se définir (en portant une perruque) (quand on était Andy Warhol).

Un court texte expliquait que beaucoup de gens définissent la perruque d'Andy Warhol comme sa marque de fabrique.

Andy Warhol avait d'ailleurs fait la publicité d'une bombe de laque pour hommes de Vidal Sassoon. On voyait la photo. Il tenait la bombe à hauteur de son visage. « L'art du style », c'était écrit. Il ne souriait pas, son pull col roulé était noir, la bombe était noire, seuls ses cheveux étaient blancs, si blancs.

Dans le documentaire, une citation de Jean Baudrillard, le philosophe : « Andy Warhol n'a jamais aspiré à autre chose qu'à cette célébrité machinale. »

Je tapai « Jean Baudrillard Andy Warhol » sur Google. Jean Baudrillard était là, dans des vidéos : il méprisait chez Andy Warhol « l'icônerie extatique et insignifiante ».

Je retournai sur le site de coiffure.

Warhol avait commencé à devenir chauve très jeune, à vingt ans, comme son père. Il n'avait pas supporté. Une photo de passeport, crayonnée par ses soins, montrait ce qu'il avait voulu d'emblée retoucher chez lui : son nez, et ses cheveux. Il avait fait les deux.

Dès les années soixante il s'était mis à porter des perruques, un temps peroxydées, puis très vite blanches. Dans sa nuque, sur les photos, on voit les quelques cheveux bruns qui lui restent. Il conservait ses perruques dans des boîtes. Certaines dans des enveloppes. Provenance des cheveux : l'Italie. La plupart de la même marque, étiquetées :

« *An original, by Paul* ». Nom du perruquier.

Petit à petit, il en avait fait une théorie. Ce blanc était une manière de ne pas avoir d'âge. Il était le contraire du vieillissement ; c'était bien davantage une façon de changer le moins possible, en prenant, jeune encore, un aspect éternel.

Dans les années quatre-vingt, s'icônisant de plus en plus, il s'était imaginé fabriquer des sculptures à partir de ses perruques. Ça avait abouti à une œuvre unique, alors qu'il était le chantre des œuvres multiples, des séries. Cette pièce, il l'avait offerte à un ami, le peintre Jean-Michel Basquiat.

À la mort d'Andy Warhol, en 1987, on avait trouvé des centaines de perruques dans son appartement. Elles étaient à présent conservées dans le musée consacré à l'artiste, à Pittsburgh, Pennsylvanie, la ville où il avait vu le jour.

L'homme le plus alternatif qui soit, qui avait pressenti la célébrité instantanée et sans suite, qui avait préfiguré la révolution de la photo et Instagram en décrétant qu'en réalité toutes les images étaient bonnes, puisqu'elles faisaient toutes illusion, et qu'on ne pouvait pas rater une photo, cet homme s'était choisi comme apparence celle d'un homme aux cheveux blancs.

Quelle heure était-il à Paris ?

J'appelai mon frère :

« Même Andy Warhol avait les cheveux blancs !

— Bien sûr que non.

— Je viens de visionner un documentaire là-dessus.

— Faudrait pas que ça devienne une obsession. »

Paris. Jardin des Tuileries.

On se croisa par hasard devant le grand bassin de la Concorde. Nous avions dirigé ensemble un journal à l'audience assez confidentielle, dans les années quatre-vingt-dix. Vingt ans qu'on s'était perdues de vue.

La phrase sortie tout de suite, pleine de la spontanéité du passé :

« C'est canon tes cheveux.

— Merci ! »

Elle restait là, un demi-sourire accroché au coin de la joue, comme si elle attendait quelque chose. Il me revenait à l'esprit qu'on s'était quittées, non pas en froid, mais sur une suite de rendez-vous manqués. Notre amitié était partie dans le sable, ainsi que cela arrive parfois. M'en tenait-elle rigueur ?

Ce n'est pourtant pas à cela qu'elle pensait, car quand elle se décida à reparler, ce fut pour dire :

« C'est moi, qui t'avais dit de teindre tes cheveux, tu te rappelles pas ? »

Soudain, je revis le petit bureau de la rue Saint-Honoré, où nous avions travaillé un temps. Elle me faisait conduire sa voiture de sport, une Mazda, qu'un fiancé lui avait offerte. J'admirais, chez elle, bien des manières d'appréhender le luxe, à quel point il semblait facile, avec elle. Sans doute pour cette raison, je l'avais crue avec tant d'empressement, le jour où, dans ce fameux bureau, je ne sais de quoi l'on parlait, mais elle était passée du coq à l'âne pour me parler de mes premiers cheveux blancs. Depuis mes quinze ans, une grande mèche blanche me poussait sur le sommet du crâne. C'était encore discret, même si tout de même on ne voyait que ça. Et elle, mon associée, voici qu'elle avait penché la tête sur le côté, d'un air de m'évaluer et de me comprendre, et elle avait affirmé que, sans cette mèche blanche, je perdrais dix ans. Et je l'avais crue. Cela m'avait paru si pertinent. Une idée de génie.

« Ah, mais c'est pourtant vrai ! C'était dans le petit bureau !

— J'y ai tout de suite pensé en te voyant ! »

Elle fixait, débonnaire, ma nouvelle apparence.

« J'ai un peu désobéi, ces derniers temps…, lui dis-je.

— Tu as eu raison. Ça te va formidablement bien.

— Tu trouvais que les cheveux blancs me vieillissaient.

— Ouais, ouais… je le pensais.

— Et maintenant ?

— Maintenant… vieillir, rajeunir… est-ce que c'est le plus important ? La seule grande aventure, c'est d'embellir, non ?

— Vrai. Et rester joyeux.

— Quand on se sent moche, on est rarement joyeux, t'as remarqué ?

— Tu avais les cheveux blancs en aversion.

— J'ai changé d'avis tout à coup.

— Là en me voyant ?! »

Elle éclata de rire :

« Ce que t'es con !

— On peut rêver.

— J'ai changé d'avis un jour à New York. Tu vois l'angle Central Park/Cinquième Avenue ?

— Oui.

— Eh ben, j'allais au tennis. J't'ai pas dit, mais on a vécu sept ans aux States. Bref, bon, c'était le matin, il n'y avait pas encore trop de monde… mais bon New York est bruyant tout le temps, normalement. Eh ben, tout à coup, t'aurais vu ce silence… on entendait une mouche voler ! Les voitures allaient plus doucement, d'autres s'étaient même arrêtées. Ah, on était tous sur la pointe des pieds pour voir ce qui se passait. Et je l'ai vu : il traversait l'avenue. Il allait sans se presser, avec un de ces sourires ! Ah, l'enfoiré, il savait très bien qu'on le matait tous. Il avait archi l'habitude, vois-tu. Un grand type, tu n'imagines pas : il dépassait de deux têtes les personnes avec lui, à quatre-vingt-quatre ans ! J'ai vérifié après, c'est l'âge qu'il avait. Ah, on pensait tous à la même chose. Qu'il avait joué dans des westerns. Qu'il avait été un héros. C'est pas commun de croiser une star de ce calibre. Et même si on n'avait pas su qui il était, on l'aurait reconnu. Bon, c'est couillon, j'ai conscience. Mais y avait un truc qui faisait qu'il ne pouvait pas passer inaperçu : sur sa tête une crinière de cheveux blancs. La beauté, cette nacre. Ça t'en foutait plein la gueule, ambiance le type a atteint la sagesse. Je vais te dire ma pensée : le blanc lui avait poussé sur la tête en symbole de sa gloire. Il était couronné. Je t'assure qu'on pensait tous la même chose à cet instant, nous arrêtés, en orgasme sur les trottoirs. Là, je me suis dit merde, avoir de tels cheveux est un privilège. Depuis ce jour, j'aime les cheveux blancs.

— Ton histoire est géniale.

— Ouais, je sais. Quand je t'ai vue sur Instagram, te poster avec tes nouveaux cheveux, je me suis dit que je t'en parlerais si je te croisais un jour par hasard. J'allais pas t'appeler rien que pour ça… »

Avais-je un jour lâché cette amie ?

« Et c'était qui, au fait ?

— Qui ça ?

— L'homme de l'avenue.

— Ah, j't'ai pas dit : c'était Gregory Peck. C'était en 2000. »

Août.

Vacances à Hydra, en Grèce.

L'hôtel où j'avais mes habitudes l'avait envoyée. Très âgée. Elle m'attendait sur le quai, à l'arrivée du bateau, sa pancarte à la main : « Sophie ». Je ne la connaissais pas. Une nouvelle, si tant est que ce mot ait une signification concernant une si vieille femme. Comment tenait-elle, par cette chaleur ? Si mignonne avec son chignon bas, la raie au milieu tracée à la perfection, les cheveux blancs jaunis, vanillés et sublimes, en réalité, sa beauté sans époque, sans ère même. Des yeux d'or. Je m'arrêtais à sa hauteur, moi suante et traînant ma valise.

Elle :

« Sophia ?

— Oui. »

Et encore une fois :

« Vous, Sophia ?

— Oui. »

Elle fronçait les sourcils, comme si elle s'était fait une tout autre idée de moi.

Elle tendit le bras vers ma valise. Je refusai net son aide. Elle partit devant sans insister, assez alerte. Je lui emboîtai le pas sans un mot, non sans contempler, dans sa coiffure, des épingles dorées. Elle les avait disposées autour du chignon, qui s'en trouvait festonné, en plus d'être si bien tenu.

Régulièrement, elle saluait des connaissances. Je n'avais pas remarqué, les autres années, l'abondance ici de cheveux blancs. Les hommes, les femmes, dès qu'ils avaient passé un certain âge, ils portaient un Everest sur la tête. Ces boules de neige étincelaient de toutes parts. Cela conférait aux habitants une noblesse particulière et, à moi, un adoubement inattendu.

On arriva à l'hôtel. La gérante m'attendait sur le perron :

« Sophia !

— Qui est cette dame qui est venue me chercher au bateau ?

— C'est Dimitria. Elle aime bien aller chercher les touristes aux arrivées.

— Elle ne peut rien porter…

— Rien ! »

Ce ne semblait pas être un problème.

« Quel âge a-t-elle ?

— Quatre-vingt-neuf ans.

— Tant que ça ?!

— Oui ! Et toi aussi tu atteins un âge canonique, dis-moi, avec tes cheveux blancs là-haut !

— Tu trouves que ça me vieillit tant que ça ?

— Non ! C'était une façon de parler ! Pour dire que tu atteins… Dieu sait quoi. »

Elle caressa mes cheveux et mon visage.

« Tout est si doux ! »

Dimitria se mit à parler en grec. On ne pouvait plus l'arrêter.

La gérante :

« Je lui avais dit que tu étais brune, alors pendant le chemin jusqu'ici, elle n'arrêtait pas de se demander si tu étais la bonne personne ! »

J'adressai un sourire engageant à Dimitria, qui recommença à dire quelque chose dans sa langue.

La gérante :

« Elle demande si tu es veuve. Parce que souvent ici, les veufs se laissent les cheveux naturels.

— Dis-lui que non. Dis-lui que je suis juste libre. »

La gérante traduisit. Dimitria éclata de rire, et rebabilla.

La gérante :

« Elle dit : “Attention, les veuves aussi sont libres, faut pas croire !” »

Et Dimitria, à quatre-vingt-neuf ans, se dandinait dans le hall en faisant sa coquette. En tournant au coin du couloir, elle se retourna pour me tirer la langue.

Journées infinies de la Grèce.

Pas de plages dignes de ce nom à Hydra. En revanche, on peut se baigner depuis des rochers plats. Cette année-là, la cote de popularité de l'île ne cessant de grimper, il y avait foule aux endroits habituels. Le premier jour, je dus aller plus loin sur le chemin du bord de mer jusqu'à un petit village moins fréquenté. Je me mis en quête d'autres rochers plats, j'en trouvai quelques-uns au pied d'une bâtisse.

Cette maison n'avait rien de luxueux. Carrée, en grosses pierres même pas chaulées. Un escalier la longeait, il menait à la mer, les marches continuaient dans l'eau, ailleurs.

Arrivée en bas, je tombai nez à nez avec une vieille dame. Si elle faisait penser à Dimitria, ce n'était pas elle. On m'avait raconté que toute l'île était constituée d'une grande famille, à force de consanguinité. Elle était assise à l'ombre à la fois du mur et d'une treille gigantesque, sa chaise face à la mer, son dos saturé de coussins. Même ses accoudoirs on les lui avait rembourrés.

Elle trônait devant l'infini.

La portion de rochers et l'appontement devant chez elle était un espace public où l'on pouvait certes aller et venir, selon la loi du littoral. Je lui demandai malgré tout la permission, en montrant la mer, et ma serviette-éponge.

« *Né* », dit-elle.

Cela voulait dire oui.

Je la complimentai sur sa chevelure, courte, éclatante, blanche évidemment. J'ôtai mon chapeau. Vit-elle (sur moi-même) étinceler ma propre constellation ?

Je me mis le plus loin d'elle que je pus, pour ne pas l'envahir. Je me déshabillai et je plongeai.

Ce premier bain de mer me lavait du voyage. J'étais venue à Hydra un an auparavant, tremper mes racines naissantes dans l'eau miraculeuse de la Grèce. Or là, ce n'étaient plus des racines, c'était ma nouvelle tête délavée qui se mariait avec les éléments. Et, à présent, les gens de cette île.

Tout cela me mit dans un état d'euphorie indescriptible.

Jamais je ne m'étais sentie aussi acceptée, et par la totalité de l'univers, en plus. La teinture avait été un costume. Un voile, en fait. Maintenant j'étais nue, enfin.

Cela me donna envie de retirer mon maillot. Pour tout parachever.

Je me le nouai autour du poignet et je m'en fus, nue vers le large. Quand je me retournai, la vieille dame était si loin, si petite. Et debout, maintenant. Elle me faisait des signes, sa canne brandie. Elle criait dans ma direction.

J'eus un doute, et puis une certitude : c'est après moi qu'elle criait, elle m'en voulait de quelque chose.

Malgré ses faibles forces, la vieille dame éructait, le poing dressé. Elle avait lâché sa canne, dans sa rage. Je compris qu'elle m'intimait l'ordre de remettre mon maillot de bain. Dans l'eau, ma peau avait dû se détacher comme une provocation. La terrasse de la femme était en surplomb, elle offrait sans doute un parfait point de vue sur les corps en train de nager.

Je remis mon maillot à la hâte.

En sortant de l'eau, je me confondis en excuses. Ça ne parut pas la satisfaire. Elle lança un regard furtif et sauvage à sa canne, et je suis persuadée qu'elle songeait à m'en filer un coup.

Je l'appris donc : Seule la nudité des cheveux était permise sur l'île d'Hydra.

Venise. Septembre.

Une trattoria secrète au bout des Zattere, ces quais méconnus de Venise, ouverts sur le large canal de la Giudecca. Une fois par an, les barques le remplissent jusqu'à faire un pont, et l'on peut sauter d'embarcation en embarcation. Tomber à l'eau si l'on est trop saoul.

Il n'y avait personne ce jour-là, c'était la fin des vacances. Le patron nous proposait des sardines grillées. Il les brandissait dans un grand panier tapissé de papier journal, elles étaient crues, brillantes, attirantes et étranges.

« Je vais vous les farcir avec du peccorino, et je vais vous les griller », dit-il.

Il s'en alla, content.

Je déjeunais avec un homme dont je venais de faire la connaissance. Il travaillait au consulat de France, où il y avait eu la veille une réception. Il m'avait observée à la dérobée depuis le bout du jardin où il était tanké. Et puis par enchantement il avait été là, devant moi. Quelqu'un nous avait présentés, cela paraissait la chose à faire. Dans la conversation qui avait suivi, il avait précisé qu'il était né en 1962. Je m'étais écriée :

« Tiens, comme moi ! »

Ça l'avait déçu. J'avais dû déployer quelques bribes d'humour, pour atténuer mon âge. Lui n'était pas très drôle, à part quand il se moquait du monde diplomatique où, là, certaines saillies prouvaient qu'il avait quelque esprit.

C'était un bel homme, du genre éternel étudiant. On m'avait dit : « Tu vas voir, y en a un qui est bien. » Ce devait être celui-là. Le corps tonique se devinait sous le costume, cette tête qui débordait de culture. On s'était tout d'abord renvoyé la balle sur les choses qu'on aimait : les plages du Portugal, les *Notes de chevet* de Sei Shônagon, une chanson de Leonard Cohen, « Memories », que je le mis au défi, sans succès, de chanter. Moi, je la savais vraiment par cœur. Il en conçut une petite méfiance, me sembla-t-il.

Maintenant, nous étions devant les sardines. Celles au Peccorino, il n'en avait jamais mangé. Pas plus qu'il n'avait jamais flirté avec une femme aux cheveux blancs. Il n'avait même pas à le dire, je le devinais à un air outré qu'il prenait de temps en temps, en lorgnant la mèche qui me tombait sur le visage.

« Faudra vous habituer, mon vieux !

— Pardon ? »

Un démon me poussait à être naturelle. C'était comme si la nudité de mes cheveux me déshabillait en entier.

« Le monde est rempli de femmes aux cheveux blancs. Vous allez en rencontrer de plus en plus, avec le temps… »

Il n'aurait pu être diplomate sans une parfaite éducation, aussi répugnait-il à me rappeler qu'il aurait le choix, sa vie durant, de plutôt aller vers des femmes plus jeunes. À son goût, en somme.

Il me déclara donc :

« Ça vous va très bien, je dois reconnaître… »

Puis :

« Ça ne va pas à tout le monde.

— Rien de ce qui va à tout le monde n'est intéressant, *by the way*.

— Vous avez raison. Et moi je suis un mufle. »

On sait bien que les hommes, quand ils disent ça, c'est pour se l'autoriser.

Il me vint l'idée de lui apprendre la vie d'une autre manière, à ce beau spécimen. Je crois que je lui adressai le regard le plus cru qui soit, d'une franchise dont la facilité m'étonna moi-même : je lui demandai pourquoi on n'irait pas à mon hôtel, ensuite, voir de quoi il retournait.

Les propositions concrètes sont toujours couronnées de succès.

Nous avions la vue sur le canal de la Giudecca où, à cette heure, passaient les gigantesques paquebots, trois fois plus hauts que le petit hôtel. Les gens, sur les coursives, adressaient des signes aux passants sur le quai, et à nous. Moi, j'étais posée sur les draps défaits, dans une absolue tranquillité. J'envoyais des sms à Eliot, ma furtive conquête californienne de l'hiver précédent, pour lui raconter mes nouveaux faits d'armes. Je ne sais quelle heure il pouvait bien être à Los Angeles, assez tôt ou tard pour qu'Eliot me réponde, en fait : « *Send a pic !* » Je pris une photo du beau diplomate.

« Qu'est-ce que tu fais ? s'inquiéta-t-il.

— Rien. Tu es beau.

— Tu vas pas me foutre sur tes réseaux sociaux, hein ?

— Non, j'envoie juste un texto.

— Tu ne prenais pas une photo, là ?

— Non. C'est juste un message.

— Un message pour quoi ?

— Un message qui te concerne…

— Ah, tu vois !

— Je dois juste trouver un alibi pour avoir fait faux bond à des gens que je devais voir cet après-midi.

— Ah ben, demande-moi ! Les mensonges, j'en fais tout le temps dans mon travail. »

Il était enchanté d'être une sacrée canaille.

Il me détaillait.

« Tu as eu raison d'insister », plaida-t-il.

Il ne pouvait pas s'imaginer m'avoir choisie de lui-même. Mais enfin, c'était fait, et à présent il n'avait qu'un seul sujet de conversation : mes cheveux bizarres. Il n'en revenait pas de la bêtise des conventions. Il me parlait de sa tante Marthe, les cheveux blancs comme moi, qu'il avait tant désirée, au point qu'une fois où il se collait comme ça à elle, gosse encore, elle avait dû lui ordonner : « Stop, Stanislas. » Sauf qu'aujourd'hui, ce n'était plus « Stop Stanislas », il faisait selon son désir, on pourrait le refaire d'ailleurs, une fois les paquebots passés. Ou alors, devant eux, en laissant la fenêtre ouverte.

Je l'avais évangélisé, le malheureux garçon.

« Tu connais la phrase de Freud, sur la mère ? » me demanda-t-il.

Il disait ça comme s'il n'y en avait qu'une seule, de phrase.

« Laquelle ?

— Que ce qui est bien avec une femme, c'est que c'est comme la mère, sauf que ça n'est pas la mère. Ça te correspond complètement.

— Ah ben, nous voilà bien…

— Pourquoi je me suis emmerdé toute ma vie ? C'est bon d'être dans la douceur maternelle. Tu as un mari ?

— Non.

— Un copain ?

— Non ?

— Tu es libre, alors ?!

— Oh que oui.

— On se voit demain ?

— Je repars. »

Aéroport Marco-Polo. Venise.

L'avion avait une heure de retard. Après le tour d'usage dans le terminal, je m'étais affalée sur une banquette, connectée à la wifi. Les portes d'embarquement, que j'apercevais de là où j'étais, se vidaient les unes après les autres. Le monde entier partait, sauf moi. Un nouveau délai pour le vol vers Paris. Ce serait comique d'apprendre qu'Air France l'annulait, et de devoir retourner à l'hôtel, vivre de gré ou de force l'aventure consulaire jusqu'au bout, au lieu de l'avoir laissée filer ainsi.

J'espérais que le vol parte.

Pauvre bonhomme, je me disais, à peine retrouve-t-il une mère, qu'elle l'abandonne.

Et cela me mettait dans une humeur délicieuse.

Il m'avait donc fallu des cheveux blancs pour apprendre que j'étais capable autant qu'un homme de m'en foutre. Tant de fois je n'avais su prendre de la puissance. Tant de fois déposant les armes, devant des idiots que j'aurais calmés d'un trait d'humour, comme on dit, ou que j'aurais débauchés d'un geste audacieux. Et je me retenais. Tant de fois. À celui qui n'était pas à ma hauteur, qui ne le serait jamais, j'offrais ma reddition. Destin des femmes : on peut faire confiance aux médiocres que l'on glorifie, ils prennent aussitôt l'avantage.

Je n'avais pas répondu aux textos que cet homme envoyait sans relâche, en rafales depuis ce matin. Je me rassurais :

« Bah, je ne l'ai tout de même pas tué, eh ! »

J'étais une mauvaise mère.

Combien de fois cela m'était-il arrivé, que des hommes ne me répondent pas ? Combien d'excuses avais-je trouvées à ces fuyards, en me rongeant ?

Un coup d'œil vers les passagers qui, comme moi, attendaient, s'ennuyaient. Il m'apparaissait qu'avec chaque homme ici j'aurais pu faire l'amour, pour passer le temps. Qu'on pouvait, si on le voulait, se donner tous les droits. Je comprenais ceci : à partir du moment où vous vous moquiez de ce que l'autre peut penser de votre éventuelle beauté, de votre jeunesse envolée, un éden devenait possible.

Je l'éprouvais si fort, cette puissance, j'allai sur YouPorn. Je tapai « White hair », juste pour voir.

Le site me proposait en premier « White hair granny » ou « White hair slut ». Des vieilles ou des putains. Les grands-mères trouvaient des gaillards pour les contenter et au-delà, à ceci près qu'il leur fallait accepter d'être tirées par les cheveux, molestées, insultées. Les vieilles putains aussi devaient se débrouiller avec ce qu'on leur offrait : dans leur cas, accepter la somme à laquelle on les estimait, jamais celle qu'elles demandaient, et qu'elles avaient déjà divisée par deux, à cause de leur âge.

Sur les vidéos, des doigts ou que sais-je encore disparaissaient dans des chevelures immaculées, les femmes avaient des rides à chaque endroit du corps. Des seins esquintés pris dans des corsets pas faits pour elles, ils faisaient grimacer leur épiderme, comme un sourire qu'on vous fait au cutter d'une joue à l'autre. Plus la femme était dégradée physiquement, dégradée moralement, plus la vidéo était populaire, plus elle « remontait » en page d'accueil, une crème sur le lait. Sur le laid.

Au cas où on en aurait douté, YouPorn était fabriqué par des hommes, pour des hommes et infesté de normes.

La pornographie, elle aussi, se trompait.

Post Instagram. 14 septembre.

Une photo de profil, dans la rue. La métamorphose quasi accomplie.

J'avais écrit :

« Un an et trois mois après, la mue est presque terminée. Ça le sera totalement en novembre. Je me rappelle qu'une collègue m'avait dit : "Ça va prendre un an et demi." Ce qui m'avait paru le bout du monde. Alors que je suis juste allée au bout d'un monde. Pour en rencontrer (et en ouvrir) un nouveau. J'écris *Une apparition*, en ce moment, sur cette naissance toujours possible. La vie n'est pas une pente, c'est des collines. C'est des collines, les amis. Ça prend du temps. Tout prend du temps. »

Parmi les commentaires :

« Vous avez deviné qu'il me fallait lire ça, tout pile. »

« Être paraître devenir. »

« J'ai adoré suivre ce chemin avec vous. Je sais maintenant que moi aussi un jour j'assumerai mes cheveux argent et qu'être totalement soi c'est ça la liberté. »

« C'est magnifique… j'y tends mais je n'y arrive pas encore… »

« Vous avez ouvert la voie et je commence le chemin. »

« Pas encore assez de force intérieure pour affronter la réalité face à mon miroir. »

Octobre.

Place de la Madeleine.

Une gosse de vingt ans, une Asiatique, les cheveux rose buvard. À l'évidence, un jeune model. C'était la saison des défilés à Paris.

Elle s'écria :

« *I like your hair !* »

Cette formule, ah, je l'avais entendue cent fois. Je ne m'en lassais pas, elle venait réparer une faille ancienne. Et si j'avais réussi quelque chose, c'était ça : je m'étais offert cette phrase.

À ma mère, enfant, il m'arrivait de demander : « Suis-je la plus jolie fille au monde ? » Invariablement, elle répondait : « Ça, non. » Je m'énervais. Elle ajoutait : « Voudrais-tu que je mente ? Il y a toujours plus joli que soi. C'est la vie. » J'en souffrais tant, Seigneur. J'aurais voulu être sublime. J'avais eu une amie, à douze ans : au moins sa beauté, à elle, faisait l'unanimité. On lui chantait partout qu'elle était ravissante, et je pensais, je le jure sans envie ni aigreur, juste avec lucidité : « À moi, jamais on ne me le dira. »

Maintenant, chaque jour, quelqu'un s'extasiait à mon passage. De beauté, peut-être toujours pas, mais enfin, j'avais au moins quelque chose d'inoubliable. Je n'en étais plus réduite, comme avant, à sans cesse tâcher de me distinguer par mon esprit.

L'Asiatique aux cheveux roses s'appelait Ko. Pour obtenir cette teinte de dragée qui lui valait des contrats aux montants astronomiques, elle devait se décolorer complètement les cheveux (le fameux bleach), et reteindre ensuite dans ce rose buvard. Cela jaunissait vite, au bout de trois semaines l'opération était à recommencer.

« Ce sera comme un deuil, me dit-elle, d'abandonner cette fantaisie. »

Dans un anglais impeccable, de lettrée. Elle était étudiante en littérature comparée, à Londres.

Elle avait hâte d'avoir mon âge, espérait que le ciel lui apporterait une tête de nacre, sa grand-mère en avait une. Son grand-père, aussi.

Elle avait ses chances.

Fin octobre.

Je m'étais fracturé le pied, en voulant entrer dans un Bricorama. L'accident idiot m'avait conduite aux urgences, d'où j'étais ressortie avec un plâtre et des béquilles. Ce n'était certes pas un drame. Mon frère m'avait ramenée chez moi, des amis faisaient mes courses, j'avais des visites constantes et quelque chose dans cette immobilité forcée, parce qu'elle m'obligeait à écrire, me plaisait.

Le matin, se lever prenait vingt minutes. Et après, chaque pas me coûtait. Je percevais les béquilles, comme une entrave à ma liberté de mouvement, alors que c'était l'inverse : sans elles, je n'aurais pas pu avancer.

Je prenais ma douche avec diverses précautions (le plâtre ne devait pas être mouillé), en écoutant des podcasts de « Concordance des temps », une émission de France Culture où l'on compare une époque qui est la nôtre et une époque passée. « Les éléments qui sont les mêmes ou, au contraire, ceux qui diffèrent », disait le générique. Je le savais par cœur, à force.

Je ne cessais de penser à ma mère. Les dix dernières années de sa vie, elle avait eu de grandes difficultés à se déplacer, jusqu'à en arriver à une perte d'autonomie quasi complète. Ce n'était que la banale vieillesse. Et elle, elle jugeait idiot de redouter l'inévitable. N'arrêtait pas de dire, fataliste et enjouée : « On ne peut pas être et avoir été ! »

Je connaissais bien ce bruit du glissement, sur le parquet, de qui avance avec mille précautions, mille appréhensions en traînant les pieds. Tant de fois j'avais secondé ma mère, à un mètre derrière elle au cas où elle partirait à la renverse.

Voici que, momentanément, le temps que cette fracture se répare, les mêmes difficultés se présentaient derrière et devant moi, sauf qu'il fallait se débrouiller seule. J'étais jeune encore.

Un jour où j'avançais à petits pas vers la salle de bains, je me vis dans un miroir. On va dire qu'un écrivain fait feu de tout bois : c'est vrai que cette vision de moi, courbée, ralentie, la chemise de nuit mal mise et qui remontait à l'arrière, sur mes cuisses, le visage peu souriant que chacun aurait eu en tâchant de ne pas tomber, et mes cheveux me dégoulinant n'importe comment sur les épaules, c'est vrai que cette vision me fut un enseignement. Et si ce livre devait avoir un cœur, c'est dans ce que je raconte ici qu'il faudrait le localiser. Parce que c'est le plus important. Cette préfiguration de la vieillesse. C'est cela que les gens fuyaient en se teignant les cheveux, en se colmatant les rides.

Si mes cheveux avaient été teints, j'aurais sans doute moins éprouvé ce sentiment de déjà-vu, qui me ramenait (ou me projetait) vers ma mère, vers ma grand-mère, ma tante, celles nombreuses et adulées que j'avais vues se dégrader et avais dû aider à marcher.

Il fallait faire face : je le fis.

La femme de Saint-Tropez s'était trompée en disant que ce n'est pas une histoire de courage, mais de curiosité. Je devais être brave, là, et d'une façon démesurée. Mieux encore, je devais être héroïque.

Alors, et bien que ce ne fût pas ce que je préférais faire avec mes béquilles, j'osai un détour. Au lieu d'aller directement vers la salle de bains, je m'en fus vers le miroir, pour me confronter avec mon reflet. Je me mis devant lui, à le toucher si j'avais pu (il était inconcevable de lâcher les béquilles). Et là, immobile, je pris le temps de m'ensorceler. Par je ne sais quelles incantations, d'ailleurs muettes, immatérielles, je partis chercher le plus intrépide de moi-même, le plus beau, le plus noble, le plus éternel. Et quand il apparut qu'un embryon de douce malice flottait de nouveau entre le miroir et moi et que j'avais vaincu cet esprit de dégradation, je me mis à pleurer.

Je m'étais contemplée jusqu'à me faire rajeunir.

Il y a façon et façon de se regarder.

Novembre. Salon de Delphine Courteille.

Delphine faisait le point avec moi : elle refusait du monde. Les femmes appelaient. Elles voulaient la même chose que Sophie Fontanel. Delphine leur donnait rendez-vous. Elle les voyait entrer, elle devinait si ce serait possible ou pas. Son métier lui avait appris deux choses : cette personne terrorisée qui déboule en voulant qu'on ne touche à rien, ou le moins possible, c'est en réalité un chantier immense qu'il faut travailler sur sa tête, ne serait-ce que pour la laisser telle quelle, d'aspect. Afin qu'elle continue de se reconnaître dans le miroir, de s'y retrouver. En revanche, cette autre qui se jette sur toi les yeux brûlants, avec une demande inouïe de métamorphose, il faut l'apaiser, lui murmurer que rien ne presse. Car celle-là qui s'en remet entre tes mains, si tu lui changes trop vite son apparence, songe ensuite à la mort.

« Tu peux penser que j'exagère, m'avait dit une fois Delphine, car c'est vrai que ces pensées morbides sont fugaces. Mais c'est mon rôle de les voir. Je sais à la manière dont les femmes roulent les épaules en avant, que ce que j'ai modifié chez elles les perturbe. Elles ont payé pour être coiffées, mais tu peux être certaine qu'elles se ruent à leur domicile, qu'elles se passent la tête sous l'eau, qu'elles pensent ainsi se réparer. Tu sais ce qu'elles font, après ? Elles attendent que ça sèche en espérant un miracle : par exemple que ce soit comme avant. Notre visage, Sophie, est si important. On accepte beaucoup de modifications, dans la vie. On perd des boulots, de l'amour, des espoirs, des croyances, des forces, de la souplesse. On reste courageux pourtant. Mais le visage, le visage ! Si son évolution n'est pas progressive, quelle panique ! Personne ne veut se perdre en cours de route. Ce n'est pas pour rien qu'il y a des miroirs chez les coiffeurs, on n'en aurait pas tant besoin, au fond. Mais il faut qu'à ces personnes sur le qui-vive, je puisse offrir un moyen d'être rassurées : elles continuent d'être. »

Ce jour-là, j'étais assise à me faire couper les pointes. Les ultimes mèches noires tombaient. Sur le sol, il y en avait même des blanches, presque invisibles mais que moi je voyais, bien sûr. Une jeune apprentie, en les balayant, ne put se retenir :

« Faudrait peut-être les garder… »

Je levai les yeux vers elle, elle précisa :

« En souvenir. »

Tant de gens étaient concernés par cette aventure, c'est ça qui était fou.

Delphine, en peaufinant sa coupe, me disait ses scrupules :

« Elles veulent être comme toi. Je les préviens que c'est un ensemble. Une perception de soi. Elles réalisent que, surtout, tu sais vieillir, et qu'elles le pourraient, elles aussi. Et moi je leur réponds : Non, c'est pas qu'elle sait vieillir, c'est qu'elle sait renaître.

— Tu devrais leur dire que c'est une aventure, Delphine.

— Non, je ne peux pas.

— Pourquoi ?

— Parce que ça, il n'y a que toi qui puisses l'expliquer. Si ce n'est pas l'aventurier qui parle d'aventure, c'est vide de sens. Tu l'écris ou tu ne l'écris pas, ce livre sur les cheveux blancs ?

— Oui. Enfin, j'ai commencé à prendre des notes, je vais doucement…

— Un conseil : hâte-toi. »

Dans le miroir dont elle aurait pu soi-disant se passer, ses yeux luisaient de générosité.

« Tu crois que si je ne m'y mets pas maintenant, je ne m'y mettrai jamais ?

— Ta nouvelle tête va devenir totalement naturelle pour toi. Et tu n'auras plus envie d'écrire sur ce thème. »

Une cliente venait d'entrer. Elle m'avait reconnue. Elle n'en revenait pas de tomber sur moi.

« Je vous suis sur Instagram. Vous entendez ça toute la journée, non ?!

— Plus ou moins…

— Je suis très envieuse de vos cheveux blancs.

— Vous n'en avez pas ?

— Si. En dessous. Je ferai comme vous, un jour… j'ai encore trop peur.

— Vous sauriez me la décrire, cette frayeur ?

— Eh bien oui. Par exemple, et si, une fois blancs, ça jaunissait sans cesse ?

— Ce n'est pas un très grand péril.

— Et puis facile à contrer, intervint Delphine.

— J'ai peur de prendre dix ans.

— Les ai-je pris ?

— Pas du tout. Loin de là.

— Alors !

— Je crains de ne pas être comme vous. Pardonnez ma question, mais y a-t-il un homme dans votre vie ? Ne répondez pas si je suis indiscrète.

— Il y a ce que j'ose prendre. C'est déjà par trop énorme ! Et je ne suis pas loin de considérer ça comme un progrès.

— Les hommes aiment la jeunesse.

— C'est plutôt qu'ils n'aiment pas leur vieillesse, madame. Je me souviens d'une rencontre, il y a deux ou trois ans, il s'appelait Michel, il m'avait demandé mon âge. J'avais dit : "Cinquante ans." Ce qui était amusant, c'était de le voir perdu dans ses comptes. Il ne pensait pas vraiment à mes cinquante ans, cet idiot additionnait les siens de cinquante ans, et les miens. Alors ça faisait cent ans ! Forcément, ça ne nous rajeunissait pas ! Je le soupçonnais, quand par exemple il parvenait à séduire une jeune femme de vingt-cinq ans, de faire un calcul inverse. Là, je l'aurais parié, il n'additionnait plus : il faisait la soustraction, au contraire. Cinquante moins vingt-cinq, ça lui faisait vingt-cinq ans !

— Alors c'est quoi, la solution ? me demanda la femme.

— Je sais pas comment vous aider : depuis quelque temps, je ne vois plus le problème. »

La journaliste appelait de New York, vogue.com. Un *Facetime*.

Je voyais le décor autour d'elle. Là-bas, c'était le début de la matinée. Elle était montée téléphoner sur la terrasse suspendue de son immeuble, afin de profiter du soleil, qu'elle me montrait, en orientant le téléphone vers lui. Cela m'aveugla. On se demanda si c'était aussi mauvais pour les yeux qu'en vrai.

J'étais à Paris, il faisait déjà nuit. La lumière des lampes tamisées de mon appartement me rendait blonde.

La journaliste n'avait pas trente ans. Impeccable et avenante.

« Ce qui m'intéresse le plus, c'est que vous ayez montré l'entièreté de votre transition sur les réseaux sociaux. Ici, moi et mes collègues avons suivi votre évolution avec passion. C'était une espèce de feuilleton. Et de votre côté, cela se passait comment ? Y a-t-il eu des moments plus difficiles que d'autres ?

— Ce serait en quelque sorte votre première question ?

— Vous la trouvez négative ? On peut débuter par autre chose, si vous préférez.

— Non, non, ça me va ! Il est certes vrai que j'aurais pu me trouver affreuse.

— Pardonnez-moi, je ne voulais en aucun cas suggérer…

— Non, non, je sais… ne vous inquiétez pas. Certains jours, je me sentais trop bicolore, la délimitation était si nette, cela passait vraiment du blanc au marron foncé. Je ne sais pas comment j'ai fait, j'ai toujours trouvé le moyen de m'y intéresser au lieu de me désespérer.

— C'est passionnant. Je vais me mettre à l'abri du vent pour vous enregistrer.

— Vous êtes à quel étage ?

— Le *roof top* ici est au 44e. »

Ce vent. Sa blondeur parfois s'élevait dans l'air et d'un coup lui retombait sur les yeux, le nez, toute plaquée.

Elle disait :

« Pardon, les cheveux me gênent ! »

C'était cocasse, si on pensait au sujet de son article.

Je lui appris l'existence, dans son propre pays, d'un mouvement souterrain, encore qu'assez visible, puisque j'avais pu le découvrir : « Going Grey ».

Je lui appris qu'Andy Warhol raffolait de cette expression.

Je lui appris que des groupes de femmes, des millions à travers le pays, partageaient leurs doutes et leurs victoires sur des forums Going Grey. Des photos les montraient « avant » et « après ». On pouvait aussi suivre leur transition, à savoir le fameux « pendant ». Moment crucial, totalement tabou. Ce mouvement avait une existence en Amérique, même si les magazines n'en parlaient pas.

Elle hochait sa tête blonde, divinement décoiffée, à présent :

« On dit si souvent que les hommes ne peuvent pas désirer les femmes aux cheveux blancs. Est-ce le plus important, de plaire aux hommes ? »

Elle était amusante. Combien de temps tiendrait-elle dans un magazine féminin ? Moi, j'avais tenu quinze ans.

« Ce serait dommage de ne pas se garder cette possibilité, non ? »

Ça lui coupait la chique.

Je m'empressai d'ajouter :

« Chacun fait ce qu'il veut, selon ses goûts, ses préférences. Et ce que je veux affirmer, c'est que les cheveux blancs, tels que je les conçois, ne sont pas un abandon de la séduction. Ce n'est pas un renoncement éclairé. C'est juste la lumière. »

C'est là qu'elle parla d'Angela Davis.

« Est-ce que votre initiative pourrait s'apparenter à l'activisme des femmes noires qui ont revendiqué les coupes afros, dans les années soixante-dix ? »

— Elles trouvaient peut-être cela ravissant.

— Elles le faisaient contre…

— Non, je suis sûre que ce n'était pas "contre", c'était "pour". Il faut prendre l'expression "*Black is beautiful*" au pied de la lettre. Le mouvement est né en Afrique du Sud. Allez relire son histoire. Ça parle de beauté physique, et seulement de cela, au départ. Ce n'est pas réducteur, cela signifie juste que la notion de beauté est déterminante, essentielle. L'activisme de ces femmes est un élan positif.

— Angela Davis était magnifique.

— Et bien plus encore.

— Elle avait un style extraordinaire. Et, à ce propos, je me pose une question : est-ce que tout ne dépend pas de l'allure ? Pour le formuler crûment : si on n'a aucun sens du style, peut-on se permettre d'avoir les cheveux blancs ?

— Ce sont les cheveux blancs qui vont vous en donner, du style.

— Je ne suis pas d'accord. Le style, on l'a ou on ne l'a pas.

— Ah oui, vraiment ? Et pourquoi *Vogue* existerait-il, dans ce cas ? »

Trouville. Normandie.

Nous étions allés nous promener sur la plage, le plus loin qu'on pouvait. On avait dépassé les habitations, le club de voile, le premier petit cap à la sortie de la baie. J'aimais particulièrement cet endroit : ici la falaise s'éboulait, de gros rochers, en se décrochant, mettaient au jour des fossiles. J'en avais mis plein mes poches.

Maintenant la mer montait. On rentrait. Mon frère allait devant, il sautait d'un rocher à un autre. Et moi, derrière, je le suivais, je rejetais à l'eau mes fossiles, qui m'encombraient.

N'importe quel homme m'aurait tendu le bras, ou la main. Mais, c'était mon frère, et on ne se touchait jamais, sauf à secouer ensuite les mains en l'air comme si c'était grave, comme si on venait de braver un interdit !

Les rochers passés, on retrouvait une plage de sable que la mer ne recouvrait jamais, excepté aux grandes marées.

Il faisait nuit. Là où on était, aucune habitation, aucun réverbère. On avançait en silence.

Soudain, on quitta une nuit sauvage pour retrouver la civilisation. Les planches de bois sur la plage.

La lumière des réverbères me tomba sur la tête.

Mon frère s'arrêta de marcher et dit :

« C'est fou, t'embellis.

— Oh, merci… »

C'est que j'en aurais pleuré, pour un peu.

« Je deviens plus belle, et toi tu deviens plus intelligent.

— Tu veux dire, de te faire de tels compliments ?

— Aahahahahah !

— Aahahahahah ! »

Mais nous savions. Nous savions.

Paris. Un dîner chez des amis.

La porte entrebâillée, à peine la poussai-je qu'elle s'ouvrit en entier sur le vestibule cossu. La maîtresse de maison et son mari de s'extasier en me voyant, comme quoi j'étais une apparition. Ils m'avaient toujours bien aimée, ces deux-là. Lui, il était venu à ma rencontre dans un salon du livre, une fois. C'était mon premier roman, j'avais vingt-sept ans, il l'avait acheté. En demandant une dédicace, il avait expliqué que c'était un cadeau pour sa femme, qui m'appréciait. J'étais bien peu connue, pourtant. J'avais levé les yeux vers lui, émerveillée. Je ne sais pas, ça nous avait liés pour toujours, le fait qu'ils m'aient cueillie à la source, par mon écriture. J'avais beau ne pas aimer être identifiée comme écrivain (comment prendre au sérieux une telle convention !), j'en étais un, nom de Dieu, et si d'aventure quelqu'un s'en rendait compte, je lui donnais mon cœur.

Aux dîners elle me plaçait toujours à côté de lui.

« Je sais que tu trouveras les mots. »

Ce soir-là, j'allai dans le salon où les autres attendaient. On ne savait jamais sur qui on allait tomber.

Ils étaient cinq ou six, des visages familiers. La plupart avaient beau me suivre sur Instagram (« C'est comme si on vivait avec toi », ils me diraient dans quelques minutes), ils furent surpris de voir en vrai cette blancheur advenue, sur ma tête.

Les femmes se touchaient les cheveux, en avouant qu'elles aussi, par là-dessous…

Elles étaient jeunes encore. Plus jeunes que moi. L'une, si belle, se lamentait :

« Tu vas bientôt nous coller des complexes !

— De quelle sorte ?

— Non, ce n'est pas "complexes" que je voulais dire : on va se sentir coupables, c'est plutôt ça.

— Coupables de quoi ?

— De tricher. »

Et moi :

« Oh ça, tu sais, s'il fallait ne jamais tricher, on en finirait par ne plus se laver ! »

Ça les détendit.

Quelqu'un avait dit :

« C'est complètement dingue, c'est complètement blanc ! »

Les autres renchérissaient que c'était incroyable.

Et moi je me rengorgeais, que j'allais en faire un livre, tout ça.

Et eux ils disaient :

« Ah ça c'est vraiment une bonne idée !

— Tu vas intéresser tout le monde !

— Tu vas en vendre des wagonnets !

— Faut que ça sorte aux États-Unis !

— Partout !

— Comment tu l'appellerais, en anglais ?! »

J'avais le titre : *I Like Your Hair.*

« T'as un mec ? »

Je n'avais rien à répondre.

C'est à ce moment qu'une des femmes présentes, la plus fragile aussi, demanda :

« La vraie question, c'est : est-ce que c'est blanc aussi en bas ? »

Et tout le monde de regarder vers moi, vers le « en bas » en question, tout le monde les yeux vers mon centre. Moi debout au milieu de ces gens dans ce salon.

Alors je ne sais pas pourquoi, peut-être en l'honneur de ces personnes que j'aimais amuser… ou encore pour une de ces mystérieuses raisons qui nous rendent si friables, je les rassurai tout à fait :

« En bas ? Ah non, en bas c'est normal ! »

Un café si célèbre, Le Flore. Il faisait le coin entre le boulevard Saint-Germain et la rue Saint-Benoît. Je m'étais installée là à attendre un camarade, dans la rue, en terrasse, sous les chaufferettes.

C'était un endroit de passage, même ici en retrait du boulevard. Moi, je regardais distraitement ce va-et-vient, à la fois pour guetter mon amie et pour goûter le spectacle. Avant, j'habitais ce quartier, je venais souvent ici. Ce café était une seconde maison et, ce jour-là, pour passer le temps, je comptais les nouveaux parmi les serveurs.

C'est là que je la vis : l'Apparition.

Elle faillit déséquilibrer le plateau de l'un d'eux, déboulant à vive allure par la rue Saint-Benoît. Placée comme je l'étais, je ne vis que son dos, à l'instant où elle frôla ma table. Ce fut suffisant pour que je reconnaisse aussitôt la femme aperçue un an et demi auparavant à la terrasse de chez Sénéquier, à Saint-Tropez. Bien que ce fût surréel, de la revoir, il y avait une cohérence : les deux cafés étaient fameux : la femme allait bien avec les deux endroits.

Dans un réflexe absurde, au lieu de l'interpeller, j'attrapai à la hâte mon téléphone pour la prendre en photo.

Mais le temps de la faire, cette photo, la femme elle était déjà à l'angle sur le boulevard, et je n'eus que son dos, comme on dit.

Tout aussi absurdement, au lieu de me lever quand c'était possible encore, pour la rejoindre et lui toucher l'épaule et la faire se retourner et lui parler, je regardai plutôt la photo que j'avais prise. Elle était de si mauvaise qualité que je songeai à l'effacer. C'était trop dommage, en même temps. Jamais plus le destin ne m'apporterait une telle occasion. J'allai dans les « outils » de mon téléphone, j'allai dans l'onglet « clarté », j'allais dans l'onglet « luminosité », j'allais dans l'onglet « netteté », je poussai au maximum les curseurs, et une lumière inespérée se fit, et la femme fut plus nette et plus visible.

Sur mon écran, l'apparition se matérialisa, avec la transparence (peut-être due au grain de la photo) d'un hologramme.

Bon sang, c'était bien elle : la femme de chez Sénéquier. Elle portait une robe noire qui laissait ses épaules dénudées, lui arrivait en dessous du genou, moulait son corps sublime. Les cheveux, elle les avait coupés entre-temps, ils ne lui venaient plus au milieu des reins, voltigeaient plutôt sur ses omoplates.

Enfin, je me décidai à me lever, et filai vérifier dans le café, si par hasard elle était là. Non, personne. En terrasse non plus, personne.

Je revins à ma place.

Il ne me restait qu'une image. Je la postai sur Instagram.

J'écrivis :

« Ouh, la belle femme ! »

L'amie avec qui j'avais rendez-vous arriva. Je lui racontai l'histoire et lui montrai la photo. Elle alla, elle aussi, vérifier dans le café si la femme par hasard n'y serait pas finalement. Je n'avais pas pensé à monter à l'étage.

Mais, à l'étage, personne.

Le lendemain en fin d'après-midi, stupeur : la femme avait laissé un commentaire, sous la photo que j'avais postée sur Instagram. Il scintillait, une pépite.

Ça disait :

« Une amie m'a reconnue, et en effet vous m'avez surprise à la porte du Flore, hier soir ! On ne sait jamais ce qui se passe dans son dos ! Merci de tous ces compliments… »

Elle parlait de ceux, si nombreux, laissés par les followers. Tout le monde, comme moi, l'avait trouvée remarquable, même de dos et même floue.

Cela m'avait fait immensément plaisir, de la lire. Je lui avais envoyé un message en privé (les réseaux sociaux permettent cela) : « J'ai moi aussi les cheveux blancs. » Sa réponse immédiate : « Discutons-en autour d'un café. »

Deux heures plus tard, nous nous étions retrouvées vers le Palais-Royal.

En arrivant sur l'esplanade, place du Théâtre-Français, de loin elle s'était exclamée :

« Au moins, c'est facile de se reconnaître ! »

En short bleu marine, comme le jour de chez Sénéquier. Les longues guiboles dorées, en pleine ville.

À peine assise :

« On se prend une bouteille de vin, non ?! Il faut fêter ça ! »

La vitalité de cette créature. Bien plus affable que dans mes souvenirs.

« Vous habitez le quartier ? me demanda-t-elle.

— Oui. À deux pas. Et vous ?

— Non. Moi, j'habite à Genève. »

Elle n'avait plus l'accent italien de mes souvenirs. À la place, l'élocution d'une personne très éduquée. C'était quelqu'un, de toute évidence, qui était habitué à parler. Cette façon de détacher les syllabes… sans doute cela que j'avais pris pour un accent, chez Sénéquier.

« Je pensais que vous étiez italienne.

— Grands dieux, quelle drôle d'idée ! Une grande gigue comme moi avec la peau si pâle et les yeux bleus ! On est du canton de Berne !

— C'est à cause de l'accent… »

Ça l'étonna encore plus.

« M'avez-vous entendue parler, hier ?

— Non. Mais nous nous sommes déjà rencontrées. »

Encore plus stupéfaite :

« Sans blague ?!

— À Saint-Tropez, il y a plus d'un an. »

Elle fronça les sourcils :

« Saint-Tropez, oh oui, ça fait partie des possibilités, j'avoue. À quelle époque ?

— Juin.

— Ah oui, ça se pourrait.

— Vous descendiez d'un yacht.

— … possible aussi.

— J'avais pensé que vous étiez une femme entretenue ou quelque chose de ce genre…

— Je vais drôlement vous décevoir, alors ! J'ai toujours travaillé, toujours gagné ma vie. »

Elle était spirituelle, je devinais que ces cheveux, cette apparence, cet humour même lui avaient offert toutes les libertés.

« Je suis avocate d'affaires. »

À mon tour de le dire :

« Insensé ce que l'on peut se tromper sur les gens. J'aurais juré que vous étiez un ancien model…

— Ah, model, vous n'êtes pas si loin de la vérité. Je viens de signer un contrat avec une agence.

— Oh ? Laquelle ?!

— Next Management.

— Mais, dites-moi, c'est une agence prestigieuse !

— J'ai compris ça. J'y connais rien. »

Elle avait été approchée dans la rue deux ans auparavant, par un talent scout, à Zurich. Elle était dans la rue avec sa fille. L'homme avait dû expliquer son métier. Il parcourait le monde pour trouver des nouveaux visages. Il avait évoqué l'essoufflement d'un certain rapport à la beauté (il n'avait pas dit lequel). Son métier était de faire affleurer une nouvelle esthétique. Dans un premier temps, elle avait cru que c'était pour sa fille, longue et jeune et aux traits classiques. Stupeur d'apprendre qu'en réalité il s'agissait d'elle, qui avait soixante-deux ans.

« Je n'arrêtais pas de regarder ma fille pour montrer que je n'étais pas dupe, au cas où ça aurait été une farce mitonnée par elle. Elle m'en fait quelquefois. Mais elle était aussi stupéfaite que moi, en fait. Elle pensait que la blague, c'est moi qui la lui faisais ! Au bout du compte, me voici top model !

— Vous n'êtes plus avocate ?

— Je viens de ralentir de ce côté-là. Je vais lâcher les plaidoiries. J'ai beaucoup trop parlé dans ma carrière, vous savez. Je lâche une vie.

— Sans regrets ?

— Pas le moindre. Parce que moi, maintenant, j'accepte la nouveauté… »

Elle le disait sur un ton, on sentait qu'une transformation avait été nécessaire. À la gravité de son regard, je me demandais si elle n'avait pas eu une sérieuse maladie, ou quelque chose de ce genre.

La nuit tombait.

« Mon mari m'a quittée il y a quelques années. »

Elle en ricanait, même.

« Il doit s'en mordre les doigts…, lui dis-je.

— Quelqu'un d'autre les lui mord, pour ce que j'en sais. C'est pour ça, ce métier de mannequin, bon, eh bien, certes, il est arrivé tard, pour le moins. Mais, en même temps, à un moment où je n'avais plus rien à perdre. »

Deux jeunes hommes passèrent devant nous.

Et elle :

« Ils sont mignons, non ? »

Eux, ils lui mangeaient les jambes du regard, allant sans cesse de sa tête à son corps. Quelque chose les stupéfiait, et les avait harponnés.

Elle eut un sourire réjoui.

« J'étais invisible dans ma jeunesse. Une fille beige. Et… voyez !

— Vous êtes un edelweiss.

— Ne nous emballons pas. »

Les deux jeunes hommes rôdaient sur la place.

« Vous connaissez Genève ? me demanda-t-elle.

— Sommairement. Les bains des Pâquis, ce spa sur le lac, quai des Mouettes. Je trouve que c'est à la fois si suisse et si "arte povera", en même temps.

— Vous venez souvent ?

— Deux fois par an.

— La prochaine fois, je peux vous loger. »

Il était difficile d'admettre qu'un an et demi auparavant, cette femme m'avait battue froid à Saint-Tropez. Devant moi, à présent, je n'avais que connivence.

Elle me montra, sur son téléphone, des photos de mode qu'elle venait de faire. Une campagne publicitaire pour une marque prestigieuse. Les images étaient belles, mais dures. Je n'osai en faire la remarque.

Et elle :

« C'est rude, n'est-ce pas ?

— Un peu.

— Ce que je découvre en faisant le model : un mannequin est un outil. Et, par lui, c'est encore la norme qui parle. Aussi modernes et hipsters qu'ils soient, ces ballots des grandes marques ont une idée préconçue des femmes aux cheveux blancs. Si on n'est pas trop moches, si ça ne se déglingue pas trop du côté du corps, si on a une élégance, certes ils vous trouvent une certaine beauté, mais faut voir laquelle, aussi ! Dès qu'on me propose un *brief*, c'est toujours la même histoire : on me fait jouer le rôle d'une prédatrice. Ils me fantasment tous en dominatrice !

— Ça pourrait changer.

— Oui, mais je vais vous dire : j'ai passé ma vie à pétrir des lois. Il n'y a pas plus rigide qu'une loi, croyez-moi. Et pourtant, la plupart des lois sont encore cent fois plus souples que les conventions du monde de la mode.

— Il faut laisser tomber, alors ?

— Non. Il faut donner l'exemple. »

Les deux jeunes hommes étaient devant nous, maintenant : ils voulaient nous prendre en photo.

Elle :

« Quelle riche idée ! »

On posa tempe contre tempe, nous qui nous connaissions à peine.

La photo faite, ils repartirent, intimidés.

Moi :

« On ne les retient pas ?

— Ce soir est un soir pour nous deux. Je me sens bien, avec vous ! J'ai comme une impression de déjà-vu. Ça doit être les cheveux. Vous avez ma tête, en somme.

— Je suis enfin complètement blanche, dis-je. La transition a été longue. Mais bon, je n'ai pas encore votre niveau de blancheur. Dans la nuque, c'est encore foncé.

— Moi aussi, mais je les décolore.

— C'est pas complètement naturel ?

— On a bien le droit de s'amuser ! Je n'aimais pas cette nuque qui restait sombre. Encore que ce soit devenu quasi blanc là aussi, avec le temps.

— Je ferai peut-être comme vous… je vais déjà laisser bien pousser, et voir ce que ça donne. Ça a pris un an et demi d'arriver à retirer ces merdes de teinture. Ce jour où je vous avais croisée…

— Où ça ?

— À la terrasse de chez Sénéquier, vous savez bien. À Saint-Tropez.

— Ah oui, la terrasse.

— Vous étiez déjà avec cette chevelure sensationnelle, et moi je n'avais pas encore décidé d'arrêter les teintures. Ça m'a décidée, de vous voir. Je suis passée par tous les stades. Je n'ai jamais douté, en fait. J'étais portée par cette phrase que vous m'aviez dite, sur la curiosité.

— Quelle phrase ?

— Qu'accomplir ce prodige d'abandonner les teintures ne demandait pas du courage, mais de la curiosité.

— Je n'ai jamais teint, pour ma part. J'ai juste laissé venir.

— Vous disiez que, des années auparavant, vous étiez comme moi.

— …

— Ah, mais oui, je comprends… pardonnez-moi. Vous vouliez dire que vous n'aviez pas toujours été blanche, que vous aviez eu une couleur d'origine.

— J'étais blonde, autrefois.

— "Tout ce qu'on raconte sur les cheveux blancs est faux."

— C'est beau, cette phrase.

— Elle est de vous.

— Oh ?

— Ce jour-là, à Saint-Tropez. »

Elle était bien songeuse. Elle regardait ses mains, qui étaient fines, sans tache aucune. Elle remit d'aplomb l'unique bague qu'elle portait, une chevalière pavée de diamants. Elle murmura :

« C'est incroyable. On ne s'entend pas parler, la plupart du temps. »

On n'avait même pas froid, en terrasse, ensemble. J'allais aller à Genève. Nous irions nous baigner aux Bains des Pâquis, puisque je les aimais tant. Elle me montrerait la montagne, si facile d'accès depuis Genève. On roulerait dans son automobile, on regarderait la neige envahir les talus, les prés, les montagnes. La neige serait sur notre tête, aussi. L'altitude qu'on prendrait, amies.

L'infinité d'hommes qu'on rencontrerait. Les mentalités que l'on changerait.

La vie commençait.

Il faisait chaud, soudain. La chaufferette, sur ma tête, à moins que ce soit l'effet du vin, me donnait des vapeurs.

Elle regarda l'heure. La nuit était tombée.

« Bon, je dois y aller, hélas, me dit-elle. Écoutez, ne nous perdons plus. »

Se leva.

« Je vous laisse mon numéro. Envoyez-moi un texto, comme ça j'aurai le vôtre ! »

Je la regardai s'en aller. La chevelure splendide, aérienne, sur ses épaules. Puis elle disparut presque dans l'obscurité, le fanion blanc s'illuminait quand, par intermittence, elle passait sous un néon, un réverbère. Même loin, cette tête palpitait. Cela rappelait le signal d'un phare. Jusqu'à un noir complet où je la perdis.

Alors seulement, j'y pensai.

S'agissait-il, au fond de la femme qui était entrée dans le café Sénéquier dix-huit mois auparavant ? La femme de Saint-Tropez avait l'accent italien, je n'étais pas folle. L'élocution seule ne pouvait faire chanter des voyelles. Cette femme avait dit qu'elle se teignait les cheveux. J'en aurais mis ma tête à couper. Elle avait une morgue, aussi, du genre de celle que rien n'atténue, qui s'aggrave au contraire avec l'âge. Une morgue de classe. Elle allait et venait sur un bateau inoubliable, y compris pour une créature habituée au luxe. Il était impossible de ne pas se rappeler avoir été invitée sur un tel bateau. De plus, cette femme avait à peine cinquante ans.

Et le tatouage ?

Le tatouage indigo de la femme de chez Sénéquier, celui qu'elle avait à l'annulaire ?

Maintenant, je revoyais distinctement les mains de ma nouvelle amie. La chevalière pavée de diamants, oui. Les mains diaphanes, oui.

Mais de tatouage, aucun.

Je lui envoyai un texto :

« Ce n'était pas vous, chez Sénéquier, n'est-ce pas ? »

Sa réponse, magistrale, ne tarda pas à tintinnabuler :

« Eh non. L'Apparition, c'était vous seule. À très vite ! »

Seigneur, ce qu'on doit bien s'imaginer dans la vie pour se donner de l'élan…

Cet ouvrage a été composé et mis en page
par PCA, 44400 Rezé

Imprimé en France par CPI
en septembre 2019
N° d'impression : 3035806

S29285/02